Flor M.
Salvador

BOULEVARD

DESPUÉS DE ÉL

LIBRO 2

Penguin
Random House
Grupo Editorial

Boulevard
Después de él

Primera edición: agosto, 2022

© 2022, Flor M. Salvador

© 2022, Penguin Random House Grupo Editorial, S. A. U.
Travessera de Gràcia, 47-49, 08021, Barcelona

© 2022, derechos de edición mundiales en lengua castellana:
Penguin Random House Grupo Editorial, S. A. de C. V.
Blvd. Miguel de Cervantes Saavedra núm. 301, 1er piso,
colonia Granada, alcaldía Miguel Hidalgo, C. P. 11520,
Ciudad de México

© 2022, Penguin Random House Grupo Editorial USA, LLC
8950 SW 74th Court, Suite 2010
Miami, FL 33156

penguinlibros.com

Imágenes de interiores: Shutterstock

ISBN: 978-1-64473-646-3

Impreso en México – *Printed in Mexico*

22 23 24 25 26   10 9 8 7 6 5 4 3 2 1

*Para todos aquellos que han tenido
una pérdida que les marcará más
de una vida.*

*Para quienes viven por quienes
ya no están.*

*Para ti, Richie. Ojalá mis besos
lleguen hasta el cielo. Te quiero
y también te echo de menos.*

«Nunca tuve la oportunidad de decir un último adiós. Tengo que seguir adelante, pero duele intentarlo».

SASHA ALEX SLOAN,
Dancing With Your Ghost

PRÓLOGO

El sonido de su risa resuena en mi cabeza y parece como si los árboles rieran junto a él, porque las ramas crujen cada vez que algo le causa gracia. Me gusta verlo sonreír y apreciar ese hoyuelo que se marca en su mejilla izquierda cuando lo hace.

Si me preguntan, esa es mi imagen favorita.

Nuestras manos, entrelazadas, se balancean mientras caminamos. Al principio, caminar a su lado no me resulta fácil. Sus pasos son más rápidos y grandes en comparación con los míos, pero él enseguida se da cuenta e intenta disminuir su velocidad.

El cielo se ilumina con tonos azulados y el césped verde del boulevard ha crecido más de lo normal. La época de las jacarandas ya ha llegado y el paseo está aún más bonito, coloreado con sus tonalidades violetas.

Esta escena se graba a fuego en mi memoria.

Sus dedos son largos y delgados, se deslizan por mi mejilla, haciéndome temblar y soltar un suspiro; su tacto es suave, delicado y frío, como siempre. El olor a nicotina se mezcla con su perfume, puedo percibirlo tan bien que parece real.

El azul eléctrico de sus ojos me mantiene cautivada, casi hipnotizada. Esgrime aquella sonrisa lánguida que despierta tantos sentimientos en mí y me quedo mirando absorta el pequeño aro negro de su labio inferior.

—No quiero perderte —murmuro—. Otra vez no.

—Sabes que debo irme.

Al escuchar su voz siento un hueco en el estómago y una presión en el pecho, y lo abrazo para evitar que se vaya.

Esto no es real.

—No lo hagas —le pido, aferrándome a su torso.

—Todo está bien —dice él.

—Te necesito.

En un movimiento ágil, me coge del mentón y alza un poco mi rostro para mirarme.

—Debes soltarme. —Su sonrisa permanece intacta, serena y cálida, para hacerme sentir segura—. Hazlo, te prometo que todo irá bien.

Mis ojos se cierran y niego con la cabeza. Tengo que detenerlo.

—No, no. No puedo…

—Weigel.

—Por favor…

—Quiero que seas feliz.

De pronto, mi visión se ha vuelto borrosa y su voz comienza a escucharse lejana. Al pestañear, lo veo lejos de mí e intento acercarme, pero a cada paso que doy, él parece alejarse un poco más.

—Por favor, no me dejes —suplico con la voz entrecortada.

Él sonríe.

—Estoy bien, ahora tú también tienes que estarlo.

—Luke…

«Estabas tan cerca, y ahora, de nuevo, te siento tan lejos…».

Mis ojos se abren. Lo primero que veo es el techo de mi oscura habitación. Mi pecho sube y baja a causa de mi respiración descontrolada y siento que mi corazón bombea sangre a toda velocidad; incluso puedo escuchar mis propios latidos.

Me quedo con la mirada perdida en el techo, y luego la desvío con temor a mi lado, buscándolo.

Qué tonta…

Luke no está, solo ha sido un sueño. Otro en el que, una vez más, ha acabado desvaneciéndose por completo.

CAPÍTULO 1

Supongo que, cuando alguien muere, se convierte en una persona amada y admirada por todos. Todo el mundo acude al funeral —también aquellos con los que hacía tiempo que no se relacionaba— y le llevan flores y le dedican bellas palabras… Nadie se acuerda de sus defectos, solo de sus virtudes.

Es como si al morir nos convirtiéramos en personas buenas e importantes. Pero los ramos de flores se marchitan, las velas se apagan y los «Era buena persona» duran hasta que todos dejan de sentir lástima.

Nunca había tenido una pérdida tan importante en mi vida, una que llegara a marcarme tanto… Se fue de repente, sin que hubiera habido ninguna señal o aviso, tampoco un diagnóstico fatal. Solo sucedió.

Luke, así se llamaba.

Lo conocí en el instituto un día que llegué tarde a la primera clase y no me dejaron pasar. Yo era torpe e inmadura, y también terca y un poco ingenua; él era el prototipo de chico malo, hostil, un poco borde y demasiado directo.

No empezamos con buen pie. Al principio, él no quería saber nada de mí, y me dejó claro que no tenía ninguna intención de ser mi amigo, y yo me habría alejado, pero fui muy terca, hasta que conseguí lo que pensaba que quería.

No sabría definir mi relación con Luke. No era sana, pero, aun así, lo arriesgué todo por ella. Nunca nos consideramos un ejemplo de pareja ideal, cometimos errores, hicimos cosas de las que no estoy orgullosa y nos enfocamos demasiado en nosotros.

Teníamos gustos y opiniones diferentes. Si él decía negro, yo decía blanco; si él corría, yo caminaba; si a él le gustaba lo salado, a mí, me agradaba lo dulce; si él gritaba, yo murmuraba… La mayoría del tiempo no coincidimos con el otro, pero sí lo hicimos al querernos.

Él no era perfecto, solo una persona rota que estaba empezando a coser sus heridas.

Cuando murió, me dejó sola ante la amargura de la vida. Tuve la sensación de que nada volvería a ser igual. Un día estaba conmigo y al otro estaba viendo cómo lo bajaban a su tumba dentro de un ataúd.

La oscuridad siempre me ha asustado… Estar sin luz y no saber qué me rodea es uno de mis peores miedos, así que imaginarlo solo, a oscuras y en una caja me angustió durante muchos meses. No podría abrazarlo ni siquiera una vez más, ni tampoco ver de nuevo su sonrisa. No dejaba de preguntarme si estaría bien, si no le daría miedo la oscuridad, si no le asustaría estar solo en un lugar tan pequeño. ¿Y si tenía frío?

Cuando volví a casa, seguía sin creer que Luke estuviera muerto. Pensaba que debía haberme quedado a su lado, junto a su tumba, haciéndole compañía aquella fría noche, aunque sabía que a él eso no le habría gustado.

Me dolía pensar que, en ese momento, si él no hubiera muerto, tal vez estaríamos los dos juntos en mi habitación. Y él dormiría en un colchón cómodo, y no en una caja de madera.

Y los días pasaron sin que yo pudiera dejar de pensar en lo mismo, de pensar en Luke. Y por esa razón ahora estaba sentada en el despacho de Rose, observando cómo la funda de mi móvil había perdido su color púrpura.

—¿Qué harás estas vacaciones? —me preguntó Rose. Ella era la psicóloga de la universidad. Hacía dos años y medio que yo acudía a su consulta.

Se quedó mirándome interrogante.

Detrás de su asiento se veía su título enmarcado, igual que lo tenía mi madre en su oficina. Las paredes de Rose eran blancas y beis, y en la habitación había pocos objetos; un estilo muy minimalista.

Vi la fotografía de una niña junto a su taza de café y un bolígrafo con una frase grabada que decía: «La mejor psicóloga es mamá».

Me lamí los labios —el aire acondicionado resecaba el ambiente— y parpadeé, intentando eliminar las telarañas de dentro de mi cabeza para poder responder.

—Quizá viajar a Sídney para celebrar la Nochebuena y el Año Nuevo —le dije—. Mi idea es ayudar a mi madre con la cena, creo que puedo preparar el jamón navideño sin que se queme.

Rose sonrió con picardía.

—¿Lo harás?

—Sí, necesito demostrarle que no es la única que puede con el jamón. —Me encogí de hombros y añadí—: Aunque también necesito ver más vídeos antes para poder retarla.

—Espero que ese jamón no se queme… —dijo ella.

Fruncí ligeramente el ceño, sintiéndome ofendida por ese comentario. Parecía dudar de que pudiera conseguirlo.

—Sigue explicándome qué más vas a hacer.

Me quedé en silencio sin ser capaz de decirle nada más. Nunca fui buena contando mentiras.

Rose me hacía esa pregunta porque quería escuchar lo que ya sabía, esperaba que yo le dijera lo que realmente quería hacer esas vacaciones de Navidad. Me conocía bien, yo acudía a la consulta cada semana.

—Iré al cementerio —admití.

De pronto, el rostro de Rose cambió, relajó cada uno de sus músculos y apoyó los codos en su escritorio, prestándome aún más atención.

—¿Y qué harás en el cementerio?

—Es su aniversario —le recordé—. Le llevaré unas rosas. He intentado llevarle todas las rosas que se merece y no recibió.

—¿Cómo te sientes, Hasley?

Bajé la mirada a mis manos y jugué con mis uñas, nerviosa por no saber qué responder. Desde que Luke había muerto, no me gustaba que me hicieran esa pregunta porque, tanto si mentía como si decía la verdad, a nadie le gustaba mi respuesta.

—He estado ocupada con los proyectos finales, así que no he tenido tiempo de pensar en lo mucho que me aterra esa fecha. Me he sentido bien los últimos meses, incluso me apetece celebrar la Navidad. No lo estoy haciendo mal, ¿verdad?

Rose se puso de pie, rodeó el escritorio para sentarse a mi lado y envolvió mi mano con la suya mientras me dedicaba una media sonrisa comprensiva.

—Lo estás haciendo muy bien, Hasley. La herida que hace tiempo te dolía tanto ya está sanando, pero debes evitar volver a abrirla.

Le devolví la sonrisa, pero fue una sonrisa triste, porque estaba equivocada.

—Me duele —murmuré.

—¿El qué?

—Tener que olvidarlo…

—Las personas a las que amamos jamás se olvidan, siempre estarán presentes —respondió.

La vista se me nubló y la imagen de Rose se distorsionó.

—Entonces ¿cómo se supone que debo avanzar?

—Tienes que superar el trauma, pero no olvidar los buenos recuerdos —indicó—. Luke seguirá en tu corazón sin importar cuánto avances, y sin que ello suponga un retroceso en tu recuperación.

Escuchar su nombre me obligó a bajar la mirada. Había pasado mucho tiempo desde su partida, pero todo lo que estuviera relacionado con él, por pequeño que fuera, me seguía afectando. Estaba avanzando. Las sesiones con Rose me habían hecho entender muchas cosas y, aunque me costaba aceptar algunas, me esforzaba en seguir con mi vida. De verdad que lo hacía.

—Sé que pronto entenderás todo lo que tu corazón siente, pronto afrontarás esas emociones que te duelen y crecerás con ellas, saldrás fortalecida y el duelo habrá acabado. No se trata de ir contra el reloj, se trata de comprender por qué pasó y por qué debes seguir.

—Rose —empecé a decir, mirándola cabizbaja—, ya he aceptado que se fue. Ya he aceptado que no regresará. Ya he aceptado que no lo volveré a ver… —Suspiré—. Ya he aceptado que Luke ha muerto.

Incluso ahora, después de tanto tiempo, me costaba decirlo en voz alta, me dolía tanto como la primera vez que lo hice.

—Y por eso debes avanzar, Hasley. No vas a olvidar, solo tienes que aprender a vivir y a superar.

Apreté los labios, sin muchas ganas de responder. Sonó el móvil y la pantalla se iluminó con una alarma en la que se leía: sesión finalizada.

Me gustaba Rose, pero no quería alargar la sesión más de lo necesario. Asistir a su consulta me obligaba a revivir recuerdos. Mis momentos con Luke. Nuestros momentos. Y eso era lo que menos quería hacer.

—Debo irme —anuncié.

Me mojé los labios y guardé el móvil en la mochila.

—Esta es nuestra última sesión presencial, Hasley —me recordó Rose, poniéndose de pie—. Nos veremos después de las vacaciones y me gustaría que…

—Rose —la llamé desde el sillón, interrumpiéndola. Ella enarcó una ceja indicándome que continuara—, ¿podríamos no tener sesiones virtuales estas vacaciones?

Frunció el ceño; no parecía gustarle mucho la idea. Durante las vacaciones solíamos hacer una sesión virtual a la semana para continuar la terapia y que Rose pudiera comprobar que todo iba bien.

—¿Por qué?

—Porque… porque quiero disfrutar de estos días.

Ella sonrió.

—Sabes que se lo tendré que comunicar a tu madre, ¿verdad?

—Sí, lo sé.

—Está bien.

Mamá y Rose no eran amigas, pero sí colegas de profesión. Al principio, mi madre quiso que un amigo suyo fuera mi psicólogo, pero yo me negué porque estaba segura de que me sentiría incómoda con él, y le propuse hacer terapia con la psicóloga de la universidad. Ella aceptó.

Tal vez no le gustaría que cancelara las sesiones virtuales, pero aun así me apoyaría.

Cogí mi mochila y me levanté del sillón para salir de la oficina. Seguramente habría otro alumno o alumna a punto de entrar. Antes de cruzar la puerta, escuché la voz de Rose.

—Recuerda que, aunque él ya no esté, tienes una vida que vivir.

Esbocé una sonrisa de lado y salí.

Debido a la hora que era, a excepción de un chico que esperaba sentado, la recepción estaba vacía. En las escaleras solo había una pareja conversando y el aire hacía rodar bolas de papel por los pasillos.

Me detuve frente a los tablones de anuncios de eventos e invitaciones, incluso había un «se busca» de un móvil perdido. Mi objetivo era informarme sobre los horarios de las actividades de formación, las cuales había que llevar a cabo para completar los créditos de cada materia.

10.00 h. *¿Por qué reciclar?* Martin, K. (1 hora)

11.00 h. *Las ventajas y desventajas de la tecnología.*
    Johnson, J. (1 hora)

12.00 h. *El cosmos.* King, A. (2 horas)

14.00 h. *Cómo conciliar vida laboral y personal.*
    Beckinsale, H. (2 horas)

16.00 h. *Liderazgo transformacional.* Torres, C. (1 hora)

Me mordí el labio inferior mientras valoraba mis opciones. Al día siguiente mi última clase acabaría a la una, y estas eran las últimas actividades que se harían en la universidad antes de empezar las vacaciones.

—*Cómo conciliar vida laboral…* 2 horas —releí a medias.

Bien, haría esa.

Me alejé de los tablones de anuncios y seguí bajando las escaleras. Cuando llegara a casa, me prepararía algo de comer, dormiría un poco y después seguiría trabajando en uno de los proyectos finales.

No toda mi vida estaba en orden, sin embargo, me animaba a mejorar poco a poco.

Entré al baño de la planta baja y coloqué la mochila sobre los lavabos. Mi reflejo en el espejo me devolvía la imagen que tenía desde hacía semanas, meses: ojeras pronunciadas, clavículas prominentes y cabello negro mal sujetado. Nunca me había cambiado el color y hacía aproximadamente tres años que no me lo cortaba porque hacerlo me traía la imagen de él burlándose de mi corte estilo Lord Farquaad.

Me mojé un poco la cara y respiré hondo. Me mantuve con los ojos cerrados, disfrutando del agua fría sobre mi piel y del silencio.

—Weigel.

Era su voz.

Abrí los ojos de golpe.

Al principio, me quedé estática, con la piel erizada y la boca seca. Era como si me hubiera hablado al oído. Miré por el espejo y luego me atreví a mirar hacia atrás. No había nadie más. Estaba sola en el baño.

Tragué saliva y parpadeé. ¿Me estaba volviendo loca?

Sin buscar explicaciones ni respuestas, cogí la mochila y me fui a pasos apresurados. El sonido de la puerta al cerrarse de golpe hizo eco por el pasillo.

No quería seguir en la fase de negación. Luke ya no estaba. Yo lo sabía, todos lo sabían; sin embargo, a una parte de mí todavía le costaba aceptarlo. Cuando alguien muere, uno espera que el mundo se detenga y poder asimilar que esa persona se ha ido para siempre, entender por qué ha sucedido. Esperamos que todo a nuestro alrededor se pare durante un tiempo antes de recuperar el ritmo de siempre, pero no es así. La vida de los demás sigue, incluso la nuestra, aunque en ese momento ni siquiera seamos conscientes.

CAPÍTULO 2

Medio año después de la muerte de Luke, acabé bachillerato, con mucho esfuerzo y apoyo de mis seres queridos, y cuando llegó el momento de decidir qué haría después, me pareció que estudiar Diseño Gráfico en Perth era una buena opción, pero a mitad del primer año decidí ir a la Universidad de Melbourne con Neisan. Mi madre no se opuso, al contrario, me apoyó por completo y me ayudó con la convocatoria, pude convalidar algunas materias y continuar con la carrera.

Por otra parte, Neisan cumplió su palabra de estar siempre a mi lado, en los buenos y en los malos momentos. Cada paso que yo daba, él lo daba conmigo.

Recordaba las discusiones que había tenido con su padre hacía aproximadamente tres años por su descabellada decisión de dejar Ingeniería Civil para hacer Arquitectura. Ahora le quedaba un año y medio para terminar la carrera; en cambio, a mí solo me faltaba medio curso.

—Recuerden que a las catorce horas hay una conferencia en el auditorio para quienes todavía no han acumulado suficientes créditos de asistencia y participación. Son dos horas —dijo el profesor—, o sea, dos créditos. Y a las dieciséis hay otra. Les recomiendo que vayan a ambas si pueden. La clase ha terminado.

—¿Podemos saber de qué van?

En los tablones se anunciaban las conferencias y las charlas, pero nadie se detenía a leer los avisos.

Terminé de guardar mis cosas y seguí sentada, esperando a que el profesor acabara de hablar. Imagino que porque mi madre siempre insistía en que eso decía mucho de la buena educación de una persona.

—La primera se titula *Cómo conciliar vida laboral y personal*. La dará el licenciado Harry Beckinsale, uno de los mejores profesores de la Universidad de Sídney —respondió—. La otra es…

Dejé de prestarle atención cuando la gente empezó a murmurar acerca de la presencia de Beckinsale, quien, al parecer, era muy conocido aquí. Quise intentar buscar un poco de información sobre él en mi mente, pero fracasé. No lo conocía, nunca había oído su nombre.

—Vayan, les conviene, créanme —aseguró el profesor—. Bien, eso es todo. Ya pueden irse.

Me puse de pie y salí de la clase para dirigirme al campus principal. Me sentía terriblemente cansada y solo quería llegar a casa para tirarme en la cama a dormir, y quizá despertarme un semestre después con el título universitario en la mano.

Neisan agitó la mano por encima de las demás personas que se encontraban alrededor de él para que lo viera. Le dediqué una sonrisa sin separar los labios y me acerqué. Sujetaba una pequeña figura de papel y la elevó a la altura de mis ojos para que la viera bien.

—Un ave —dije.

Él asintió.

—Un ave de origami, esta vez no he usado tijeras.

Fruncí el ceño y lo sujeté.

—Gracias.

Todos los días, mientras me esperaba, hacía alguna figura con una hoja de papel; todo con el objetivo de no aburrirse cuando sus clases terminaban antes que las mías. Su facultad estaba en el mismo campus que la mía, lo único que nos separaba era un puente que cruzaba un pequeño lago.

Cuando nuestras horas libres coincidían, procurábamos ponernos de acuerdo para desayunar juntos. Neisan había hecho amigos en este tiempo. ¿Yo? Yo no.

—¿Vamos a casa o prefieres comer algo? —preguntó.

Inflé las mejillas y pensé.

Necesitaba sumar los créditos que podía conseguir asistiendo a la conferencia. No podía permitirme el lujo de no ir; si llegaba a suspender alguna asignatura, tardaría mucho tiempo en lograr mi título de graduada universitaria.

—Me quedaré —respondí—. Hay una conferencia en el auditorio dentro de una hora, y no me la puedo perder. Puedes irte sin mí, te avisaré cuando salga.

—A nosotros también nos han comentado lo de las conferencias. Te acompañaría, pero he tenido suficiente con las clases de hoy.

—¡Qué suerte tienes! Yo tengo que ir, me hacen falta las horas.

Neisan soltó un suspiro dramático que me hizo reír.

—Me apiado de tu pequeño ser. Espero que te diviertas en esa conferencia que acabará convirtiéndose en una charla motivacional, siempre pasa lo mismo.

—Solo haces que me quiera arrepentir —me quejé—. Mejor cállate.

—No te dejes influir por mí, Hasley. Vete y cumple con tu deber.

—Se te da fatal lo de intentar arreglar tus errores.

—Entonces me limitaré a desearte suerte.

—Eso deberías haber hecho desde el principio.

—Qué poco sentido del humor —siseó, poniendo los ojos en blanco.

—Nos vemos luego. —Agité la mano y me di media vuelta para dirigirme al auditorio.

—¡Llámame cuando salgas! —Escuché que gritó.

Sin dirigirle la mirada, alcé la mano y le mostré mi dedo pulgar hacia arriba para hacerle saber que lo haría.

Faltaba casi una hora para la conferencia, por lo que decidí esperar dentro del auditorio. No me apetecía estar en la cafetería o en las mesas del jardín hasta que empezara. En realidad, no me apetecía nada.

La fecha se acercaba.

Pronto haría tres años de su muerte.

No podía creer que ya hubiera pasado otro año.

De pronto, la charla que tuve con Rose el día anterior perdió todo el sentido. Todo lo que hablamos se redujo a un cero. Las ganas de querer avanzar se habían desvanecido. Parecía como si cuando entraba en su consulta fuera una persona completamente distinta a la que era cuando salía. En su consulta, Rose me hacía creer que estaba bien; pero cuando salía de su despacho, todo volvía a una escala de grises.

En mis sueños, él estaba conmigo, pero, cuando despertaba, desaparecía.

Mi etapa de duelo se estaba haciendo eterna. Los primeros meses fueron un infierno. Cuando viajé a Perth para ir a la universidad, mi madre tuvo que acompañarme e intentó llevarme a terapia con su amigo, pero yo me negué. No me quiso dejar sola en ningún momento. Cada noche sentía que me rompía, y ella siempre estuvo a mi lado, consolándome. A cualquier lugar que fuera, siempre sentía que Luke estaba conmigo, y todavía podía escuchar su voz.

Al año y medio, creí haberlo superado con la ayuda de Rose. Pensé que la herida ya estaba cerrada, pero, al regresar a Sídney por vacaciones, todo empeoró. Visitar el boulevard me convirtió en la persona más indefensa de toda la faz de la tierra. Pasar por los lugares a los que habíamos ido juntos hizo que todos los recuerdos me atormentaran. Y visitar el cementerio me confirmó que todavía no estaba lista para soltarlo.

Necesitaba aferrarme a su recuerdo.

Al menos de esa forma sentía que tenía un propósito en la vida: cumplir sus sueños y mantenerlo vivo en mi mente.

Cada vez que me preguntaba si en algún momento todo eso dejaría de doler, también me preguntaba si realmente quería que eso sucediera.

La respuesta siempre era la misma.

No quería.

Luke me seguiría doliendo, y no tenía ni idea de por cuánto tiempo continuaría siendo así. Había estado rechazando a los chicos que se me acercaban, no tenía ganas de conocer a nadie más. Una de las razones era porque seguía queriendo a Luke, pero también tenía miedo a volver a querer a alguien y que esa persona me dejara, como había hecho él. Ese miedo me impedía abrir mi corazón.

Estaba asustada y rota.

La terapia solo me había ayudado a sobrellevar la situación.

Y me lamentaba por eso.

—Falta mucho para que empiece. —Una voz femenina me hizo volver a la realidad.

—Sí, lo sé —dije—. Pero prefiero esperar dentro.

Ella asintió.

Entré ojeando las butacas y me fijé en que no era la única que había ido allí a esperar, al fondo ya había gente. Elegí la primera fila porque sabía que la mayoría preferiría irse al fondo para poder usar el móvil con libertad o para dormirse sin miedo a ser descubiertos.

Saqué mi teléfono para mirar los mensajes. Tenía uno de mi madre. Me preguntaba sobre mis planes para las vacaciones, en dos semanas estaríamos libres y todavía no sabía si quería ir a Sídney o que fuera esta vez ella quien viniera a Melbourne.

Sería una conversación larga cuando la llamara.

Dejé a un lado el tema y guardé el móvil. El proyector ya estaba encendido, y estaban colocando el atril y el micrófono.

«Charlas motivacionales», pensé, recordando lo que había dicho Neisan.

Tenía razón. Las conferencias que daban siempre tenían por objetivo ayudar a que los estudiantes universitarios fuéramos resilientes y no pensáramos en negativo en ninguna circunstancia. En mis casi tres años de carrera, había escuchado el «jamás te des por vencido» como unas cien veces por semestre. Nos querían enseñar a ser valientes y a vencer el miedo.

Bueno, a mí seguía sin darme resultados.

—¿Dónde está el puntero? —preguntó un hombre que estaba en la tarima.

—Lo dejé sobre el atril —respondió otro.

—No está. Quizá se haya caído por el camino…

Uno de los hombres desapareció mientras los demás siguieron preparándolo todo.

Me miré los zapatos unos segundos y me di cuenta de que la punta de uno estaba manchada. Jamás dejaría de ser una chica descuidada. Bostecé y cerré los ojos mientras inspiraba profundamente, sintiendo cómo se me llenaban los pulmones.

—¿Cansada? —preguntó una voz ronca.

La oí lejos, pero no lo suficiente como para no entenderla. Alcé la mirada. En el escenario, de pie, un hombre joven vestido de traje me miraba esgrimiendo una pequeña sonrisa sin despegar sus labios.

Sorprendida, miré a los lados, creyendo que le preguntaba a otra persona, pero al ser la única que había sentada en las tres primeras filas, confirmé que se había dirigido a mí.

Tragué saliva y asentí.

—Demasiada presión.

Alzó las cejas y dio un paso al frente, manteniéndose en el borde de la tarima, y se cruzó de brazos.

—Agotamiento mental —declaró.

«No lo sabes tú bien», murmuré en mi interior.

—Algo así —musité. Me percaté de que no me había oído, así que lo repetí en voz alta—: Algo así. Las vacaciones se acercan, y eso significa que los profesores querrán cerrar el curso con algún proyecto o examen.

—Tienes razón —comentó. Tenía un peculiar acento británico—. ¿Vienes a la conferencia?

—Sí.

—Pareces realmente cansada. ¿Te interesa mucho el tema?

Apreté los labios, intentando averiguar la razón por la cual mantenía esta conversación conmigo.

—Bueno, la verdad es que necesito los dos créditos de las dos horas de la conferencia. Me veo obligada a asistir.

Él mantuvo sus ojos sobre mí y pude fijarme en que la comisura de sus labios se elevó un poco, como si quisiera ocultar la sonrisa que amenazaba con ser esbozada.

—¿Darán dos créditos?

—Completos.

—Espero que obtengas los créditos y que no te duermas en la conferencia; estoy seguro de que los de atrás lo harán.

—No hay duda.

Ambos nos quedamos en silencio. Desvié la mirada hacia la entrada, me sentía un poco incómoda; desde pequeña siempre me había dado vergüenza hablar con alguien desconocido.

—Beckinsale —llamaron.

Me volví de nuevo hacia la tarima y vi aparecer a un hombre de camisa blanca de manga larga.

¿Beckinsale?

—¿Sí? —contestó él.

—Iniciaremos la prueba de la presentación en quince minutos. Puede prepararse.

—Gracias, en un momento.

¡Ay, no!, esto no podía ser real.

—De acuerdo.

Él era Harry Beckinsale. Cerré los ojos y la vergüenza comenzó a invadirme. Sentí que me ardían las mejillas, bajé la cabeza y recé para que se fuera, pero podía sentir su presencia y su mirada sobre mí. Necesitaba que la tierra me tragara y no me escupiera en ningún lado.

Junté el poco valor con el que contaba y abrí los ojos. Él seguía allí de pie, recorriendo todas las butacas con una mirada inquisitiva, como si quisiera descifrar los pensamientos de cada uno de los allí presentes.

—Me pregunto cuántos habrán venido para conseguir los créditos.

Me removí en el asiento, lloriqueando en mi interior, y quise desaparecer por unos minutos.

—Bien, creo que tengo un gran reto —dijo dirigiéndose a mí—. Hacer que la conferencia sea algo más que una manera de conseguir créditos.

Una sonrisa se dibujó en su rostro, mostrando una evidente seguridad en sí mismo. Beckinsale me dio la espalda y desapareció detrás de las bambalinas.

Por favor, era imposible sentirse más avergonzada.

CAPÍTULO 3

Al final de la semana, los proyectos no terminaron conmigo, pero sí con mis horarios de sueño, y no fui la única a la que le pasó. Neisan tuvo que entregar una maqueta y se las ingenió para terminarla en el último momento. Aunque yo le ayudé, al ver lo malhumorado que estaba.

Después de tanto estrés y tazas de café, las vacaciones ya habían empezado. La primavera ya estaba terminando, una de las épocas favoritas de mamá, pero a la que Neisan era alérgico. Siempre que pasábamos por un parque lleno de flores, se tapaba la boca y la nariz con cualquier cosa que tuviera a mano. Se le ponía la nariz roja y no paraba de estornudar.

Era divertido verlo maldecir.

Miré de reojo la hora que marcaba el reloj digital que se encontraba al lado de la tele y me dejé caer en el sillón resoplando. Mi madre no tardaría en llamar para volver a preguntarme si iría a Sídney.

Me relamí los labios y pensé que quizá pasar el mes de diciembre con ella no estaría tan mal. Las dos sabíamos que tampoco quería estar sola ese mes. Tal vez podríamos celebrar Nochebuena y Año Nuevo. Los últimos dos años habíamos evitado hacerlo.

«Es hora de que demuestres que puedes hacer el jamón navideño».

—Sé por qué estás así —dijo Neisan, sentándose a mi lado en el sillón.

Me giré hacia él para mirarlo. Sus labios eran una fina línea y sus ojos estaban ocultos detrás de esas gafas oscuras.

Sabía a qué se refería. A veces estar sola podía ser una tortura. Solía darles vueltas y vueltas a las cosas y traer recuerdos a mi mente que me atormentaban, pero que hacían que me sintiera todavía cerca de él.

—Pronto se cumplirán tres años —murmuré. Entrelacé los dedos de mis manos y me dediqué a observarlos.

—Lo sé, Hasley. —Suspiró—. Me preocupas, no quiero que vuelvas a pasarte el cinco de diciembre encerrada en tu habitación sin comer en todo el día. Deja de hacerte daño.

Los dos guardamos silencio.

Me vino a la mente la sesión con Rose y todo lo que hablamos.

—Esta vez será diferente —dije—. Iremos a Sídney, tengo algunas cosas que hacer allí. Personas que ver y lugares que visitar.

—Eso estará bien —aseguró—. Lo mejor será que pases el día con tu madre. Ha estado llamando últimamente para saber cómo estamos y para asegurarse de que aún no nos estamos muriendo de hambre. —Se rio—. Siempre le acabo preguntando por qué piensa que podemos morir de hambre, y ella siempre me contesta que somos capaces de no hacer el esfuerzo de cocinar aun estando al borde de la inanición.

Junté mis cejas y reí.

—Me duele el concepto que tiene mi madre de mí. Es obvio que haría algo si tuviera hambre, quizá comprar una pizza y agua. La mayoría de las personas sobreviven con agua, ¿no?

—Supongo… Pero ¿y si no tuviésemos dinero?

—Pues podríamos mezclar cualquier cosa que hubiera en la nevera, desde verduras hasta lo más grasiento —respondí—. O tomar pan y beber gaseosa; si te inflas con el gas, puedes estar sin tener hambre durante un rato.

—Eso jamás lo he probado —musitó, jugando con los dedos. Se mantuvo en silencio un rato y luego soltó—: También podríamos hacer lo que hacen algunas modelos.

—¿El qué? —pregunté desconcertada.

—Mojar una bolita de algodón en miel y comérnosla. Por lo visto, se digiere muy lentamente y eso hace que puedas estar sin comer varios días.

Fruncí el ceño.

—Me parece de lo más tóxico y asqueroso que he escuchado. ¿Quién te ha contado eso?

A menudo, Neisan hacía comentarios extraños que me dejaban completamente confundida; estaba segura de que la mayoría de las cosas que decía las leía en internet.

—Oh, ¿te acuerdas de Nessa? —Me miró divertido—. La chica castaña con ojos de color miel que usaba gafas y siempre olía a manzana, aquella que te encontraste en la cocina con tu toalla en la mano…

Neisan solo había salido con dos chicas y con un tipo llamado Carlo, y Nessa fue con la que estuvo más tiempo. Llegó a darle a entender que podía estar en nuestra casa como si viviera en ella, así que usaba todo lo que quería, mientras que yo tenía que hacer grandes esfuerzos para guardarme mis opiniones sobre ella.

Todavía recordaba el día en el que se había mostrado celosa porque Neisan y yo vivíamos juntos. Me molestó tanto que terminé encerrándome en mi habitación hasta que los dos dejaron de discutir.

Puse los ojos en blanco y lo empujé por el hombro.

—Vale, con una sola frase acabas de estropearme la tarde.

—No será para tanto —le restó importancia—. El caso es que Nessa hacía lo de la bolita de algodón con miel. Vi cómo se comía una en dos ocasiones. Juro que le llamé la atención y le dije que no estaba bien, pero no me hizo caso. Triste, ¿no?

—Tristes son tus relaciones raras, ¿lo sabías?

—Oh, vamos… Solo abres la boca para meterte con mis relaciones. Casi mejor no digas nada.

—¿Ya has probado tus trucos de origami con alguna chica? —me burlé.

—Hasley, no empieces… —murmuró él avergonzado.

—¿Por qué te da vergüenza? —reí—. Vamos, es muy tierno de tu parte. Deberías intentar…, no sé, regalar flores de papel cuando tengas una cita.

—Es estúpido, no quiero quedar en ridículo en una primera cita —renegó.

Su actitud me hizo mucha gracia y me empecé a reír a carcajadas, lo que le molestó bastante. Neisan prefería mantener escondida su afición al origami. En esos momentos no estaba saliendo con nadie, pero yo lo animaba a que, cuando lo hiciera, sacara partido de su habilidad con la papiroflexia. Desde hacía años podía hacer cualquier figura con una hoja de papel, y yo le insistía en que no era algo de lo que avergonzarse, sino todo lo contrario; pero él se negaba a aceptarlo. De todas formas, yo no pensaba tirar la toalla. Estaba segura de que algún día Neisan sería capaz de mostrarse a otros tan abiertamente como lo hacía conmigo.

Le dediqué una sonrisa.

—¿Sabes? La persona que te quiera de verdad va a amar cada detalle de ti sin importarle que tú lo consideres ridículo.

Él me observó durante unos segundos y añadió:

—Y yo estaré encantado, pero por ahora —se puso de pie y suspiró— me reservo para mí mis figuras de origami.

—De acuerdo —me rendí. A veces era un poco cabezota. Preferí cambiar de tema de conversación, retomando el anterior—. Hablábamos sobre mi madre, ¿no?

—Sí, piensa que todavía eres una pequeña niña indefensa. Y, la verdad…, a veces creo que tiene razón, ¿no?

Le saqué el dedo de en medio y él me respondió con un guiño.

Pasar la tarde con Neisan era algo normal desde que vivíamos en el mismo piso. Aunque a veces él salía con dos amigos que había hecho en la universidad y que también estudiaban Arquitectura, y otras veces los invitaba a casa a ver partidos de rugby. Cuando lo hacía, yo los miraba desde el pasillo cada vez que celebraban un punto de su equipo.

Uno de ellos, Luigi, intentó tener una cita conmigo, pero lo rechacé de la manera más respetuosa que pude.

Yo, sin embargo, no solía salir. Prefería quedarme en la cama viendo alguna serie o alguna película en mi portátil. Además, por las noches tenía videollamadas con mi madre. Ella me hablaba de su trabajo y yo le contaba lo bien que me iban las clases. Creo que eso ya era suficiente para ella; se había dado cuenta de que todavía luchaba por ver el lado bueno de las cosas.

Subí los pies al sofá y flexioné las rodillas para poder abrazarlas mientras miraba a Neisan. Me percaté de que no se movía. Estaba pensando, demasiado.

—¿Qué ocurre? —le pregunté.

Él sacudió la cabeza resoplando.

—Sabes que aún mantengo el contacto con Zev, ¿verdad? —empezó a decir. Noté una pequeña presión en el pecho cuando escuché ese nombre—. Hemos hablado últimamente.

—Ajá. ¿Y?

—Quiere arreglar las cosas.

—¿Arreglar las cosas? —dije con ironía—. ¿Arreglar qué? Zev y yo ya hablamos. Lo perdoné, Neisan, acepté sus disculpas por la amistad que llegamos a tener, porque no quería sentir rencor ni odio hacia nadie, pero eso no significa que lo quiera de nuevo a mi lado. Se lo dije cuando hablamos y sigo pensando lo mismo. Él me abandonó cuando más lo necesitaba.

—Hasley…

—No, Neisan —lo interrumpí—. Me ha costado mucho cerrar esa herida, y no voy a permitir que nadie la abra de nuevo.

Mentía, esa herida no se había cerrado aún.

Mi madre siempre me había dicho que era mejor dejar los malos momentos a un lado y tomar un camino donde el odio y el rencor ya no existieran. Eso ayudaba a sanar las heridas.

En el pasado, Zev había sido mi mejor amigo durante más de siete años. Compartimos muchas cosas, amigos, música, travesuras y aventuras vergonzosas… Sabíamos cosas el uno del otro: yo sabía que él era fan de Adam Sandler, y él sabía que las comedias de Sandler no eran precisamente mis películas favoritas. Estuve a su lado, prestándole mi hombro, cuando sus padres se separaron… Yo creí que nuestra amistad era real.

Hasta que me dio la espalda.

Jamás traicioné a Zev. Siempre lo apoyé y le aconsejé cuando me pidió que lo hiciera, a pesar de que nunca he sido la mejor dando consejos. Siempre me esforcé para que sintiera que no estaba solo. En cambio, él me despreció por el rencor que sentía hacia Luke. Estaba desarmada, y aun así él me disparó. Muchas noches intenté comprender por qué se mostraba tan distante y poco tolerante con Luke, y siempre quise creer que fue porque sabía lo era que te engañaran, e intentó ayudar a Matthew. Pero me dolía que siempre buscara justificar a las personas que me hacían daño.

—Comienzo a estar en paz, quiero seguir así.

—Está bien… Está bien, Hasley. Te apoyo.

—Gracias —murmuré.

Neisan apretó mi rodilla, dibujando una gran sonrisa en su rostro.

—¿Cuándo compraremos los billetes para ir a Sídney? —me preguntó.

Lo pensé un momento.

—La semana que viene.

—De acuerdo —asintió—. Me voy al súper. ¿Quieres que te compre algo?

—Unas galletas de chocolate. —Le sonreí.

—Bien, enseguida vuelvo.

Me revolvió el pelo, haciéndome sentir como un cachorro.

Me quedé mirando al frente, a ningún punto en específico. Escuché la puerta principal cerrarse y supe que me había quedado sola.

Había estado intentando evitar mis recuerdos con Luke, pero me resultaba difícil. Me gustaba recordar su sonrisa, su cabello, su piercing, su olor, su mirada…

Tenía miedo de despertar un día y haber olvidado el sonido de su voz.

Quizá mirábamos en la misma dirección y por eso ninguno de los dos vio el barranco al que nos aproximábamos. Ninguno se dio cuenta de que la felicidad que creímos tener solo era una parte de nuestra adolescencia. Nos encontrábamos perdidos en nuestro presente. Pero es lo que ocurre cuando dos adolescentes están completamente enamorados. No ven más allá de lo que tienen, y desde luego no piensan que su relación pueda acabarse. ¿Cómo vas a pensar algo así cuando lo único que quieres es comerte el mundo junto a la persona que más amas?

Los dos queríamos demasiado.

Recuerdo que una vez dije que lo nuestro se acabaría en algún momento, pero nunca pensé que sería tan rápido, y mucho menos que Luke se alejaría de mí. No a kilómetros, sino a una vida. A un lugar donde no existe el dolor y donde su sufrimiento ha terminado. Tal vez eso era lo que me reconfortaba, que Luke estuviera lejos de todo lo malo.

Porque Luke Howland era un chico que se estaba ahogando en su miseria, y la mayoría de las personas —incluida yo— hicimos que se hundiera.

CAPÍTULO 4

La pequeña brisa que mecía los árboles hacía que las hojas se desprendieran y quedaran esparcidas por el suelo. Mamá, que se encontraba a la entrada de la casa, sonrió al verme. Tiré de la maleta para acercarme y nos fundimos en un gran y cálido abrazo. La había echado tanto de menos.

—Hola, amor —me susurró al oído—. ¿Cómo te ha ido todo?

Me separé de ella y le sonreí a medias.

—Mejor que antes… Me he esforzado para sacar buenas notas —contesté—. Tenía ganas de volver a casa.

—He marcado en el calendario la fecha de tu graduación, necesito tener todo preparado para ese día.

Me esforcé por mantener mi sonrisa, intentando que no se diera cuenta de mi incomodidad. No tenía ni idea de si iba a aprobar todas las asignaturas y podría graduarme.

Neisan se acercó a nosotras y dejó sus maletas en el suelo.

—Buenos días, Bonnie —saludó—. Convencí a Hasley para comprar algo de comer, espero que pueda probar lo que hemos traído.

—No lo dudes —señaló—. La casa está hecha un desastre, no he tenido tiempo de limpiar ni de hacer nada. El trabajo me mantiene demasiado ocupada, así que procurad no desordenar la casa más de lo que ya lo está, ¿de acuerdo?

—Haremos lo posible —dije con un ápice de burla.

El trabajo siempre fue muy importante para mi madre. Al principio, tras la muerte de Luke, no fue fácil para ella volver a trabajar porque le había tomado mucho cariño. Tal vez esa es la razón por la que los psicólogos no deben establecer ningún vínculo emocional con sus pacientes.

Durante un tiempo llegó a pensar que surgiría algo entre Neisan y yo, pero al final se dio cuenta de que no sería así. Neisan fue un gran apoyo para mí y quise mantener su amistad; no me arriesgué a perderlo como amigo por intentar salir con él, algo que yo sabía que no funcionaría.

—Vamos dentro, que el sol comienza a molestarme —dijo mi madre—. ¿Queréis comer o preferís descansar un poco primero? Debéis de estar agotados.

—La verdad es que sí. Me quedaré un rato con vosotros antes de ir a casa de mis padres —comentó Neisan—. La verdad es que no me apetece nada escuchar a mi padre preguntarme sobre mis estudios, la mayoría de las veces es una conversación que no termina nada bien…

—¿Todavía no ha aceptado que hayas dejado Ingeniería Civil? —le preguntó mi madre.

Entré primero, cogiendo mis maletas, y ellos lo hicieron después de mí.

—Al parecer no, supongo que esperaba que estudiara lo que él quería —gruñó—, pero yo no creo que hubiese sido feliz haciendo esa carrera. Lo que menos quiero es ser infeliz trabajando en algo que no me gusta.

—¿Ya has hablado con él?

—Todo el año —respondió, y puso los ojos en blanco.

Dejé de prestar atención a la conversación y me dediqué a escanear toda la casa con la mirada. Seguía casi igual, la única diferencia era el color salmón de las paredes y que había colgado algunos cuadros nuevos en la sala. Creí entender por qué mi madre trabajaba tanto.

Estar sola en casa debía de ser triste.

—Voy un momento al baño —avisó Neisan, alejándose por el pasillo.

Mi madre meneó la cabeza divertida y, cogiéndome de los brazos por detrás, apoyó la barbilla sobre mi hombro. Yo le regalé una sonrisa enternecida.

—¿Cómo te ha ido durante todo este tiempo sin mí? —pregunté con interés.

—Fatal. He intentado distraerme con Amy, que me ha invitado a jugar al ajedrez…

—¿Al ajedrez?

—Sí, has oído perfectamente, ¡y he ganado dos torneos!

Se separó y se dirigió a la cocina.

—¿Cuánta gente participaba?

—Eso no importa; lo importante es que lo hice muy bien.

La interrogué con la mirada. Mi madre jamás había jugado al ajedrez, así que o bien había hecho algún curso para aprender, o bien había jugado con gente que sabía mucho menos que ella.

—Pero después…

—He dicho que lo hice muy bien —me interrumpió, elevando un poco la voz mientras intentaba esconder una risa.

—Ya. ¿Te has convertido en una experta?

—No exactamente. He estado practicando y, cuando estoy libre, Amy me invita para que vaya con las demás chicas.

—¿Es alguna clase de club?

—Algo así.

—Me gusta que salgas a divertirte.

—Ojalá algún día me acompañes, ¿te parece?

Asentí y me senté en un taburete.

—Solo te pediré que no me avergüences delante de la gente.

Mi madre pareció reflexionar sobre mis palabras.

—Las personas que dicen eso suelen ser las que avergüenzan a los demás; tu padre era así.

Arrugué la frente, indignada.

—Yo no soy como él —siseé.

Ella se quedó en silencio y sacó una jarra de la nevera sin decir nada.

—¡Mamá!

No me gustaba que me comparara con él, puede que quizá nos pareciéramos en algunas cosas, sin embargo, prefería mil veces vivir en la ignorancia a saber cómo era.

—No, no lo eres. Es gracioso ver la manera como te defiendes cuando te insinúo que os parecéis.

—No es gracioso —dije molesta.

—Lo es —canturreó.

Sirvió un poco de zumo en un vaso para mí.

—Cambiando de tema —continué, cogiéndolo—, ¿qué tal el trabajo?

Mi madre lanzó un suspiro dramático y se sirvió zumo para ella en otro vaso. Dejó a un lado la jarra y tomó asiento.

—Agotador. Me ha mantenido ocupada estas últimas semanas. Tenía algunas citas agendadas con los familiares, a quienes veré en vacaciones, y me han llegado nuevos pacientes. He tratado de organizar mi tiempo lo mejor que he podido.

—¿Puedes lidiar con ello?

—Por supuesto que sí… Ahora tengo un paciente de nueve años.

—¿Qué le ha pasado? —pregunté frunciendo el ceño.

—Perdió a su madre.

—Ha de ser difícil para él —murmuré—. Espero que lo puedas ayudar.

—Eso haré. —Le dio un sorbo a su vaso y sujetó mi mano con la suya, sonriéndome—. Pero vamos, cuéntame si ya has visto algún vestido para tu graduación.

Puse los ojos en blanco y me quejé en voz alta.

—No quiero hablar de eso.

—¡Amor! —gritó.

—Primero debo aprobar todas las asignaturas.

—¡Eso sin duda, Hasley Diane!

Dejé caer mi cabeza sobre la mesa y la escuché reír. Esta escena me recordó a cuando ella me reñía por llegar tarde a mis clases y yo, ingenuamente, creía que podría librarme fácilmente de un castigo.

Nunca fue dura conmigo. Bastaba con que me llamara la atención mínimamente para que yo supiera que había sobrepasado los límites que me había marcado.

—No me llames Diane —supliqué.

Y pasarían los años y ella seguiría aferrada a mi segundo nombre. Lo odiaba, no tenía ninguna mala experiencia relacionada con él, pero…

—Sigo sin entender por qué lo detestas tanto. Lo eligió tu padre.

Oh, ahora caía. Sí tenía una mala experiencia relacionada con mi segundo nombre, y era justo la que mi madre acababa de decir. Cada vez que lo saboreaba internamente resultaba amargo.

No odiaba a mi padre, en realidad, no sentía nada por él. Nos dejó justo el día en el que yo cumplí dos años. Sí, se fue un 25 de abril, el día de mi cumpleaños. Yo no recordaba nada, lo poco que sabía era lo que mi madre me había contado: que ella se había quedado embarazada de mí, que él se había puesto contento, que había estado a nuestro lado un año y seis meses y que luego había empezado a alejarse hasta que un día cogió sus cosas y se fue.

El mejor regalo de cumpleaños.

¿Quién podía sospechar que algo así pasaría?

Hoy en día su marcha ya no era nada relevante en mi vida, no iniciaría una conversación de «Háblame de ti» explicando que mi padre nos había abandonado.

—¿Por qué aceptaste? —le pregunté, y me erguí nuevamente para beber un poco de zumo.

—¿Ah? Hummm, no lo sé. —Fingió pensar unos segundos y me lanzó una mirada poco amigable—. ¿Porque lo quería, tal vez?

—¿A ti te gustaba?

—¿Quién? ¿Tu padre? ¡Claro!

—¡No! —grité riéndome—. ¡El nombre, el nombre, mamá!

—Por supuesto —respondió—. Te va bien, es bonito. Es un nombre de cinco letras y su significado tiene mucho que ver contigo.

Fruncí el cejo.

—¿Qué significa?

Neisan entró a la cocina y nos miró, dejando claro que quería que lo incluyéramos en la conversación, a la cual acababa de llegar un poco —bastante— tarde.

—Divinidad, mujer divina —contestó mi madre, encogiéndose de hombros. Cogió otro vaso y le sirvió zumo a Neisan—. Deberías aceptar que forma parte de tu nombre.

—En cuanto pueda, me lo cambiaré —le aseguré.

—¿Por qué, Diane? —preguntó Neisan.

—¡Qué estresante! —chillé, y me puse de pie—. Voy a dejar la maleta en mi habitación. Bajaré en unos minutos, ¿vale?

Mamá asintió y yo cogí la maleta para subir por las escaleras. Empujé la puerta con un pie y mis pasos me llevaron hacia la ventana. Había hojas esparcidas formando una alfombra en el suelo del jardín y otras revoloteaban por el aire. El sol estaba en su punto más alto, y sus rayos atravesaban todo lo que tuvieran por delante.

Se percibía el olor del final de la primavera.

Y me pregunté: ¿cuántas estaciones tendrían que pasar para que pudiera olvidarlo?

CAPÍTULO 5

Me coloqué bien el cuello de la blusa y me pasé los dedos a lo largo del pelo, dándole el último toque. Me miré de nuevo al espejo y salí de la habitación.

El olor a pan recién horneado me obligó a ir a la cocina. Mi madre estaba batiendo algo en un tazón de cerámica. Alzó la vista y, con una sonrisa, me invitó a que la acompañara.

—¿Desde cuándo sabes hacer pasteles? —le pregunté con el ceño fruncido.

—Se me había olvidado contártelo. —Sonrió—. He ido a clases de repostería. No podía quedarme encerrada todo el tiempo aquí, a veces hay que distraerse, Hasley.

—Distraerse —repetí en voz baja.

—La semana que viene podríamos hacer galletas, ¿te apetece?

—Sí, me encanta la idea.

Le dediqué una sonrisa diminuta y desvié la vista a mis uñas. Necesitaba pintármelas de nuevo, y también dejar de mordérmelas. Últimamente, lo hacía cuando me sentía tanto presionada como nerviosa.

Solté un bostezo y tomé asiento.

—Estás muy guapa —dijo mi madre—. ¿Es nuevo ese conjunto que llevas?

—Lo compré por internet, comienza a gustarme el violeta.

—Es un color muy bonito.

—¿Quieres que te ayude?

—Pensé que jamás lo dirías —bromeó—. Puedes seguir batiendo, yo iré sacando el pan del horno.

Empujó el tazón por la encimera hacia mí y lo cogí. La pantalla del móvil de mi madre se iluminó y oímos un sonido que avisaba de que un nuevo mensaje había llegado. Eché una ojeada alzando un poco la cabeza. Cita.

—¿Tienes una cita? —le pregunté, enarcando una ceja—. Ahora entiendo por qué te has puesto a preparar el pastel.

—¿Cita? —repitió confundida. Dejó a un lado las cosas y se lavó las manos para coger el teléfono—. Ay, es verdad…

—¿Qué ocurre?

—He citado aquí, en casa, al hermano de una paciente por temas de disponibilidad en su horario. Llegará en veinte minutos —me explicó—. Voy a tener que dejar de cocinar.

—¿En serio vas a dejar todo esto así? —pregunté, señalando el desastre que había en la cocina.

—Cariño, mi trabajo es importante. —Me miró—. Atiendo a su hermana, así que para él esta cita es de gran relevancia. ¿Por qué no me ayudas? Limpia la cocina. ¿Puedes?, ¿puedes? Yo voy a ducharme, ¿vale? ¿Sí? Te quiero.

Salió de la cocina y me dejó allí completamente sola e indignada por que se fuera endosándome la tarea de limpiar todo aquello. Bufé de mala gana y comencé a guardar las cosas.

Mientras me lavaba las manos, me miré la muñeca. Ahí estaba. El collar que me había regalado.

Decidí llevarlo como pulsera, ya que en tres ocasiones, llevándolo colgado del cuello, se me había enredado con el pelo.

Nadar con delfines. Uno de los tantos sueños de Luke.

Al recordar el momento en el que llegó a la puerta de mi casa con los collares en la mano me sentí mal, triste. Deseé poder volver a vivir ese instante. Deseé ver su rostro, sentir su piel y percibir su olor

43

de nuevo. Ver cómo se sonrojaba y cómo el nerviosismo se apoderaba de él mientras afirmaba que no se trataba de un regalo romántico.

Solo quería un día más con él. Un día más a su lado. Solo uno.

Intenté hacerme la fuerte y alejar todos esos recuerdos, pero me resultó imposible. Dentro de un mes se cumplirían los tres años de su fallecimiento.

Me cubrí la cara con las manos y tomé una bocanada de aire. No había manera. Cuando creía que ya estaba mejor y que podía continuar con mi vida sin que su ausencia me doliera, todo resultaba ser peor; siempre era así.

Recaer en el dolor de su ausencia tras ilusionarme con que quizá pudiera retomar mi vida por fin era mil veces peor.

Bajé las manos y negué con la cabeza. Tenía que tranquilizarme, no podía echarme a llorar y dejar que los pedazos de mi corazón se hicieran polvo.

Me quedé apoyada en el fregadero durante unos minutos hasta que oí que mi madre bajaba por las escaleras. Me eché el pelo para atrás y salí de la cocina. Llevaba una toalla grande alrededor del cuerpo.

—Debe de estar a punto de llegar —le avisé.

—Lo sé, pero quería preguntarte si tenemos algo para ofrecerle como bebida.

—Hum. Hay té frío y agua. También tenemos gaseosa.

—De acuerdo. Hay galletas en la alacena. Hazlo pasar si llega, ¿vale?

—Ok. Galletas y té frío, me queda claro.

—¿Qué sería de mí sin ti?

—Supongo que tendrías que hacer esperar fuera a tus visitas.

Mamá me lanzó una mirada recelosa y se fue a su habitación.

Me recogí el pelo en una cola alta y volví a la cocina. Tomé unos vasos de vidrio y unos platos y los dejé en la mesa, para después buscar las galletas. Entonces sonó el timbre e imaginé que sería la persona a la que estaba esperando mi madre. Dejé a un lado las cosas y me dirigí a la puerta.

44

Al abrirla me llevé una —no muy grata— sorpresa.

A veces me preguntaba si las casualidades o el destino existían. ¿Cómo era posible que, siendo Australia tan grande y Sídney tan enorme, dos personas pudieran encontrarse sin proponérselo? No tenía una respuesta en ese mismo instante. Quizá todos caminamos sobre una especie de círculo y por eso acabamos encontrándonos.

Y yo ahora estaba justo en medio de uno de esos círculos.

El hombre me miró primero con el ceño fruncido, como si se sintiera confundido ante mi presencia, pero después su gesto cambió y me dedicó una sonrisa sin despegar los labios mientras me miraba con curiosidad y lanzaba un suspiro. Yo me sentía extraña y un poco sorprendida por la escena en la que nos encontrábamos.

También algo avergonzada.

—Buenas tardes. —Su voz ronca me hizo volver al auditorio de la universidad—. ¿Bonnie Weigel?

Ahora me ofreció una sonrisa burlona. Parpadeé varias veces y tragué saliva mientras buscaba las palabras para responderle.

—No, Bonnie Weigel es mi madre. Puedes pasar y tomar asiento. Vendrá en un momento. Está un poco ocupada.

Me hice a un lado y abrí por completo la puerta.

—Muchas gracias.

Entró y pude percibir que olía a café.

¿Sería un adicto a la cafeína?

Me mordí los labios intentando controlar mi nerviosismo y cerré la puerta. Cuando me giré, vi que ya estaba en el sillón pequeño. Me acerqué a él con pasos torpes y tomé asiento en el otro sillón. Ambos nos quedamos en silencio, mi cabeza estaba tan ocupada tratando de encontrar alguna cosa que decir que me olvidé de las galletas.

—Beckinsale, ¿verdad? —pregunté.

Él mantuvo su sonrisa.

—Sí. Puedes llamarme Harry. No estamos en una conferencia y tampoco ganarás más créditos.

Entrecerré los ojos. Su voz seguía manteniendo un tono burlón, acompañado de su acento británico.

—De acuerdo, Harry —pronuncié con firmeza—. Yo me llamo Hasley.

—Hasley —repitió él sin dejar de sonreír—. Encantado, Hasley.

No supe qué responder, y tampoco se me ocurría ningún tema de conversación, así que opté por no decir nada para evitar meter la pata. Nos quedamos en silencio varios segundos hasta que él habló de nuevo.

—¿El mundo es pequeño o es que esto estaba planeado? ¿Quién me iba a decir que me volvería a encontrar a la chica que me dijo que solo asistía a mi conferencia porque necesitaba los dos créditos que daban por escucharme?

El calor se apoderó de mis mejillas.

Al final, el tema de la conferencia había sido interesante. No me resultó tan aburrido como yo creí y como Neisan me había comentado. Harry Beckinsale era una persona tan positiva que llegaba a trasmitirte la misma energía con la que hablaba.

Cuando finalizó, se acercó a la mesa donde estaban poniendo los sellos de las horas, le pidió al chico que me sellara dos veces y me agradeció mi sinceridad. ¿Al menos sabía que en ese momento yo no tenía ni idea de quién era él?

Posiblemente no.

—Creo que el mundo es muy pequeño —respondí.

Él sonrió ampliamente.

Tenía hoyuelos. Uno en cada mejilla y otros más pequeños en las comisuras de los labios.

—Quizá —dudó.

Con disimulo, lo repasé con la mirada. Tenía el pelo de un tono negro azabache con pequeñas ondulaciones, la piel morena y los ojos de color miel. Vestía formal, un pantalón gris oscuro y una camisa rojo vino.

—Te preguntaría si estudias, pero es algo que ya sé muy bien. ¿Qué carrera elegiste?

Tenía una manera directa de preguntar las cosas, pero no resultaba desagradable. Dudé un momento, y luego respondí:

—Diseño Gráfico.

—Curioso. —Asintió—. ¿Terminarás pronto?

—El año que viene. Solo me falta un semestre.

Sus ojos se abrieron con sorpresa.

—Vaya, pues espero que todo te salga bien, Hasley.

—Gracias, Harry. —Me mojé los labios y añadí—: Así que eres profesor en la Universidad de Sídney y ahora estás haciendo el doctorado, ¿no? Eso fue lo que dijiste en la conferencia.

—¡Qué buena memoria! —Sonrió—. Imparto clases y también soy abogado. Me gradué hace tres años, como también dije en la conferencia.

—Sorprendente. ¿Cuántos años tienes?

—¿Cuántos me echas?

Negué, divertida.

—Pareces muy joven.

—Tengo veinticinco años, cumpliré veintiséis en diciembre.

Oír el mes me dejó con la boca seca.

—¿Diciembre?

—El veinticinco.

Vaya.

—Es genial, en Nochebuena.

—Es genial si se acuerdan de mí —bromeó—. ¿Cuántos años tienes tú?

—Veintiuno, cumpliré veintidós —lo copié.

—¿Cuándo?

—En abril, el veinticinco.

Harry emitió una pequeña risa.

—Compartimos número.

—Sí, es verdad.

—Debería pedir ese número la próxima vez que juegue a la lotería, quizá tenga suerte.

—No, seguro que no —me lamenté—. La suerte no es compatible con nada que tenga que ver conmigo. La vida así lo ha decidido.

—Igualmente lo probaré y ya te diré cómo me ha ido.

—Yo ya te he advertido —sentencié.

—Comprobaré si tienes razón —murmuró.

Esbocé una sonrisa y él me la devolvió.

Los pasos de mi madre llamaron nuestra atención y nos volvimos hacia ella, que se acercaba a nosotros con una carpeta.

—Hola, Harry. Disculpa por haberte hecho esperar tanto tiempo. Estaba buscando algunas cosas… —Tomó asiento en el sillón que se encontraba al lado de él.

—Descuide, no hay problema. Es un placer volver a verla… Y lo cierto es que soy yo quien debe disculparse por haber hecho que me recibiera en su casa. Lo siento, pero es que el trabajo me ha estado consumiendo.

—Oh, no te preocupes, te entiendo —dijo ella, y luego me miró con una sonrisa—. Creo que ya conoces a mi hija, Hasley, ¿verdad?

—Sí —asintió él mirándome.

—¿Ellen no ha venido contigo? —le preguntó mi madre.

Era evidente que yo comenzaba a estorbar. La conversación empezaba a girar en torno a la hermana de Harry, y eso resultaba ser algo personal.

—Me voy —murmuré llamando la atención de ambos—. Ha sido un placer saludarte, Harry. Hasta pronto.

—Nos vemos —dijo él—. Espero que pronto completes todos tus créditos.

Mantuvo la broma, haciéndome reír por lo bajo.

Mientras me alejaba, pude escuchar algo de lo que decían antes de entrar a mi habitación. ¿Su hermana sufría algún tipo de depresión? ¿Cuántos años tendría? ¿Cómo habría llegado a la consulta de mi madre?

Muchas preguntas vinieron a mi mente, pero como era de esperar, no tenía ninguna respuesta.

CAPÍTULO 6

Mis pies se movían sobre el césped del cementerio mientras buscaba su tumba con la mirada. Después de varios minutos, me detuve en seco. Estaba justamente delante de mí. Sentí un apretado nudo en el estómago y tuve la sensación de no poder llenar por completo mis pulmones. Su nombre permanecía ahí, y junto a él, tres ramos que estaban comenzando a marchitarse.

Me acerqué aferrándome a las flores que llevaba en las manos y mis ojos se nublaron al llenarse de lágrimas. Me convertí de nuevo en la misma chica de hace tres años, cuando Luke partió. Tan débil y rota.

Bajé el ramo y lo puse cerca de su lápida, que toqué con las yemas de los dedos. Estaba fría. Recordé entonces sus caricias, cada vez que me acariciaba la mejilla notaba que estaba helado. Siempre me hacía estremecer y sentir deliciosos cosquilleos.

Luke siempre parecía estar congelado cuando lo tocabas, pero su corazón, sin embargo, era todo fuego. Solo necesitaba un poco de calor alrededor para poder liberar toda su calidez.

Yo pude conocer muchas de sus diferentes facetas. No era algo que enseñara a todo el mundo, solo a la gente que él creía que valía la pena.

Conocí al Luke que había perdido a su hermano cuando apenas era un niño y necesitaba el apoyo de sus seres queridos para poder seguir adelante y no derrumbarse. Pero la vida suele ser algo injusta y no da muchas oportunidades; al igual que la muerte, que no respeta ni el tiempo ni la edad. La muerte llega y te lo roba todo.

—Hola —murmuré con la voz rota.

Aunque no sabía si él podía escucharme, quería contarle cómo me estaba yendo en la universidad, cuánto había estado luchando para continuar y todas las cosas que quería hacer después de obtener mi título.

—La universidad es horrible, demasiado exigente. Si no tienes disciplina para estudiar, acabas estudiando casi todas las noches. Y ¿sabes? He dejado de llegar tarde a las clases, ahora entro diez minutos antes de que empiecen.

Me detuve, tratando de detener mi llanto. No quería romperme frente a su lápida. Sin embargo, fue imposible.

—Adivina qué. He podido sobrevivir un año más sin ti. —Le regalé una sonrisa, pero me sentía destrozada—. Y pronto ya serán tres. Luke, me pediste solo un año, no toda la vida. Dijiste que volverías, que nos casaríamos y viviríamos muchas cosas juntos porque yo era el amor de tu vida… —me detuve—, pero no lo hiciste, nunca regresaste. ¿Y sabes qué es lo peor? Que no lo harás, porque… cada vez estás más lejos.

Me cubrí el rostro con las manos y ahogué los sollozos. Me estaba doliendo volver a recordarlo todo, pero, al mismo tiempo, al hacerlo, me di cuenta de que mis recuerdos ya no eran completos. Se desvanecían, y no sabía si eso era algo bueno para mí.

—Estoy comenzando a olvidar el sonido de tu voz —susurré—. Estoy dejando de oírte pronunciar mi apellido… ¡Luke!

Me dejé caer en el césped con los ojos cerrados. Solo quería que todo parara porque empezaba a doler como el primer día. Lo había echado tanto de menos, me habría gustado compartir mis logros con él y que él me contara los suyos, pero eso ya no sería posible. Todo había acabado.

Mi corazón dolía demasiado. Era un sentimiento de pérdida, pero no de cualquier pérdida, sino de una de la que nadie me podía consolar. Y, con el paso del tiempo, dolía más recordar que tratar de olvidar.

Me preguntaba si siempre tendría que vivir así, con tanta tristeza. ¿Yo quería que mi vida fuera así? No. Todas las noches suplicaba para que un día despertara y su recuerdo me hiciera sonreír, quería aferrarme a los buenos momentos que había vivido con él y darle las gracias por todas las cosas hermosas que me había dado. Pero también temía olvidarlo, y eso era lo que me impedía avanzar.

—¿Eres feliz? —le pregunté—. Quiero creer que sí lo eres. ¿Estás en paz? Supongo que también. Necesito una respuesta, Luke. Posiblemente tú ya estés bien, pero ¿y yo? ¿Cuándo voy a estar bien yo?

Me sequé las lágrimas y respiré hondo para encontrar fuerzas y poder continuar con esta conversación en la que solo hablaba yo…

Nunca me pareció tan cruel su pérdida como en ese momento.

—Dijiste que todo estaría bien, dijiste que me pertenecías.

Mis propias palabras me quemaban, y, sin embargo, quería sentirme así porque en estos últimos años había descubierto que las lágrimas me hacían sentir cerca de él. Por desgracia, era consciente de que aquello era de locos.

Me mojé los labios y me pasé el dorso de la mano por la nariz.

—Te echo mucho de menos, muchísimo, de verdad…

Me quedé delante de su lápida, tal como estaba, y miré hacia la nada. Pensé en todo lo que había hecho desde que Luke se había ido… La verdad era que no había hecho nada extraordinario ni nada por lo que pudiera sentirme orgullosa, lo único que había hecho era respirar, caminar y estudiar.

El tiempo jamás se detuvo, la vida continuó y me dejó atrás.

Los adultos reían, los niños jugaban y los pájaros cantaban. Todos seguían viviendo, como debía ser. Me asustaba pensar que yo siempre me quedaría atrás, pero lo peor de todo era que no hacía nada por evitarlo, no hacía nada por mí.

¿Alguna vez los demás habían sentido miedo de perder a alguien a quien amaban con todas sus fuerzas?

Miré a mi alrededor. Tantas lápidas, tantas muertes, tantas pérdidas. Sin duda la muerte formaba parte de la vida. Todos llegábamos y nos marchábamos. ¿A esto se refería Luke con el «Todos terminamos igual»? Por supuesto que sí.

Había personas en el cementerio visitando a sus seres queridos.

Los árboles, el césped verde y el aire fresco dotaban de vida a aquel lugar. Lo cual se convertía en una ironía, una ironía muy grande.

—Debes de estar pensando que estoy loca por venir aquí —reí—. Y tienes razón, pero pronto volveré a casa y, por desgracia, tú no podrás venir conmigo. Es difícil decirte adiós. Es demasiado difícil despedirse de alguien cuando ese alguien no quería irse y tú tampoco querías dejarlo marchar.

Qué cita tan agradable estaba teniendo…

Cerré los ojos, tratando de encontrar un poco de paz.

En Melbourne a veces pensaba que ya no me podían salir más lágrimas por lo mucho que había llorado; sin embargo, al anochecer, con la mirada en el techo de mi habitación, los ojos se me volvían a llenar de lágrimas.

—Hay muchas cosas que aún no entiendo, que ya no te tenga a mi lado y pueda verte es una de ellas. —Suspiré—. Intento creer que te has ido a vivir a otra ciudad, que te has ido de viaje o que preferiste huir y que por fin te deshiciste de tu móvil, que tanto odiabas, pero la realidad es que estás a una vida de distancia.

Me sequé las mejillas con el dorso de la mano y esbocé una sonrisa a medias, cogiendo fuerzas para no seguir llorando.

Estuve así durante unos minutos hasta que decidí ponerme de pie. Me sacudí el pantalón y respiré hondo.

—Antes de que bajaran tu ataúd dije que no quería cumplir mis sueños si no estabas tú —recordé—. Sigo pensando lo mismo, pero he decidido que cumpliré los tuyos. Tus sueños no terminarán en el boulevard, prometo hacer realidad cada uno de ellos. Esto es por ti, Luke.

CAPÍTULO 7

El sonido de la licuadora me despertó.

Quería seguir durmiendo. Me costaba abrir los ojos y levantarme de la cama. Todavía me pesaban los párpados. Todavía seguía preguntándome: «¿Qué haré hoy?». Todavía miraba al otro lado de la cama para descubrir que estaba sola.

Suspiré agotada —y eso que aún seguía en la cama—, pero me levantaría e iría a ver qué estaba haciendo mamá abajo.

Me hice una cola alta mal hecha mientras bajaba por las escaleras, sin importarme que me quedaran algunos mechones sueltos. Percibí el olor del perfume favorito de mamá y me asomé por la puerta de la cocina. Llevaba unos pantalones azules y una blusa blanca y se había recogido su cabello negro en un moño. Las zapatillas deportivas negras la hacían parecer más alta. Era una mujer muy guapa. Me costaba creer que no tuviera algún pretendiente en el trabajo o en el club de ajedrez.

Cogió los pendientes de la mesa e inclinó la cabeza hacia un lado para colocarse uno.

—¿Te vas? —le pregunté.

Al parecer, mi voz no la sorprendió para nada, porque no se inmutó ni un poco, al contrario, se limitó a girarse hacia mí y regalarme una sonrisa.

—Voy a casa de Amy. Hemos quedado para vernos un rato.

—¿Seguro que has quedado con Amy? —pregunté usando un tono coqueto en mi voz.

Ella puso los ojos en blanco.

—Sí, ¿por qué? —Puso una mano sobre su cadera y me miró retadora—. ¿Piensas que voy a otro sitio? ¿Ahora vas a adoptar el papel de hija controladora y celosa?

—No —me reí—, pero es que vas muy guapa para ir solo a casa de Amy. Parece como si fueras a… ¿una cita? —Me encogí de hombros. Mamá abrió la boca, indignada—. ¿Tú no me ocultarías que estás saliendo con alguien?

—No veo la necesidad de hacerlo —contestó—, y si tuviera una relación romántica con alguien, también te lo contaría. Estoy soltera. Soy una feliz madre soltera…

—Ya —la corté divertida.

—Por cierto, me alegro de que te hayas despertado tú solita; si no, te habría despertado yo antes de irme.

—¿Para avisarme de que te ibas? —pregunté enarcando una ceja.

—También —contestó.

La miré confundida, con el ceño fruncido. Me alejé del marco de la puerta y me acerqué a la nevera para sacar la jarra de zumo.

—¿También?

Cogí un vaso y lo dejé todo sobre la encimera.

—Alrededor de las doce vendrá el hermano de una paciente… Es el mismo que vino hace dos días —comentó.

La imagen de Harry Beckinsale me vino a la cabeza.

—Harry —dije en voz alta.

—Sí, él mismo. Viene a buscar el expediente de su hermana. ¿Podrás dárselo? Lo he avisado de que no estaré y que serás tú quien se lo entregará, ¿vale?

Vertí un poco de zumo en el vaso y bebí, mirando de reojo a mamá, que me sonreía esperando que dijera que sí. No sé por qué, estaba claro que lo haría de una u otra forma.

—Vale, estaré pendiente. Solo espero que no sea impuntual —dije finalmente, dejando el vaso en la encimera.

—Descuida, hasta ahora siempre que he quedado con él ha llegado a la hora acordada. Ni un minuto más, ni uno menos.

—Ojalá sea así.

—¿Por qué? ¿Vas a salir?

Fruncí los labios y negué con la cabeza.

—No, pero quiero seguir durmiendo un rato más —respondí—. Aunque Neisan me dijo ayer si quería salir hoy por la noche con los chicos, y tal vez vaya. Pero bueno, tampoco tengo muchas ganas.

Mi madre se acercó y me sujetó de las manos.

—Deberías salir.

—Lo pensaré —mentí.

Estaba decidida a quedarme. No me sentía bien y lo que menos quería era arruinarle la noche a Neisan y a sus amigos. No tenía ganas de que me llamaran aguafiestas suprema y me dijeran que me fuera a casa.

—Eso espero —sonrió, y se alejó de mí.

Observé los azulejos que adornaban la cocina mientras pensaba qué mal me hacía sentir mentir a mi madre, por mucho que se trataran de pequeñas mentiras piadosas. Suspiré de mala gana y salí de la cocina para ir hacia donde se encontraba ella. Hojeaba un expediente de color azul. Tomé asiento en uno de los sillones y me quedé en silencio, observándola cautelosamente.

Marcó algo con un rotulador e hizo lo mismo en otras cinco hojas. Luego lo dejó todo en la mesa del comedor y fue a buscar su bolso a la sala.

—No voy a tardar mucho. Estaré de vuelta alrededor de las cinco. Cualquier cosa, me llamas, ¿vale? Sabes que nunca interrumpes nada.

—Lo sé.

—¿Segura?

—Sí.

Se puso frente a mí de cuclillas para mirarme y esbozó una dulce y cálida sonrisa. Sus ojos azules abrazaron los míos y me entraron ganas de llorar; tenía las emociones a flor de piel.

Quería mucho a mi madre. Era la persona más importante que tenía en la vida y no me gustaba que sufriera cada vez que me veía mal. Por eso quería estar bien de una vez, porque si yo estaba bien, ella también lo estaría. Sin embargo, me estaba costando mucho sanar y no entendía por qué.

—Te quiero mucho —murmuró.

«Yo también te quiero, mamá. Perdóname por estar haciendo que lo pases tan mal. Te juro que no es mi intención, me estoy esforzando, pero todavía no logro descubrir cómo puedo llegar a sentirme bien para toda la vida», quise decirle, abrirme un poco más; sin embargo, no fue así.

Nada de eso salió de mi boca.

No pude.

Por vergüenza.

Por miedo.

Por lástima a mí misma.

Lo único que le pude responder fue lo que yo quería que ella escuchara. Una verdad, pero con muchos ecos de fondo.

—Yo te quiero más —dije en voz baja.

Me dio un beso en la frente y se levantó.

—Nos vemos luego —dijo.

—¡Que vaya bien! —dije—. Saluda a Amy de mi parte, ¡y a Nico!

—Nico ya no vive con ella —me informó. Mis ojos se abrieron de sorpresa—. Se ha juntado con una chica a la que conoció en la universidad hace seis meses, trabajan en el mismo sitio.

Nico era el hijo de Amy. Era mayor que yo y ya trabajaba y, al parecer, tenía pareja desde hacía bastante tiempo. Todavía recordaba las veces que nuestras madres habían dicho que los dos acabaríamos viviendo juntos.

Spoiler: no ocurrió así.

—Vaya, sí que me he perdido cosas por no venir más a menudo —ironicé—. Dentro de un año hasta puede que se esté casando y no me invite.

—Eso te pasa por no seguir comunicándote con él —se lamentó—. Parecía que…

—Se te hará tarde —la corté, ya que sabía lo que me iba a decir y no quería escucharlo—. Avísame cuando llegues.

Ella se rio y negó, divertida, con la cabeza. No agregó nada más y salió de casa. El sonido de la puerta cerrándose hizo eco.

Me había quedado sola.

Bufé y me eché de espaldas sobre el sillón, mirando al techo. El ventilador giraba y eso me mareó por un momento.

En esa soledad y silencio me vinieron todos los recuerdos que solían pasar por mi cabeza como un caleidoscopio. Cada uno con su risa, su voz, sus ojos, pero más tarde, todo eso desaparecía.

Llegaba a creer que tendría que vivir solo con esto.

Recuerdos.

Con el entrecejo fruncido, miraba el reloj que colgaba de una de las paredes de la sala, y la paciencia se me estaba acabando. Ya era más de mediodía y Harry Beckinsale todavía no había venido a buscar el expediente. Mi madre me había dicho que era superpuntual, pero ahora estaba dejándola mal.

Me giré para volver al sillón y me senté. Hacía veinte minutos que le había dejado de prestar atención a la película que había puesto mientras esperaba a que llegara, aunque pronto terminaría y todavía no aparecía.

Entonces, de repente, alguien llamó a la puerta. Apreté los dientes para controlarme y me levanté.

El chico de ojos de color miel apareció al otro lado de la puerta.

—Buenas tardes, Hasley. Discúlpame por no llegar a la hora que acordé con tu madre —fue lo primero que dijo—, pero es que hay mucho tráfico.

El cuello de su camisa estaba un poco desdoblado y vi que tenía una mancha roja cerca de la manga. Me dio la impresión de que me estaba mintiendo. ¿Quizá hubiera tenido una cita antes de venir y ahora pretendía excusarse con una mentira?

Bueno. No me importaba.

—Sí, mi madre me dijo que eras muy puntual. —Me crucé de brazos y lo miré de arriba abajo, intentando disimular—. Parece que no la has dejado muy bien.

Él sonrió divertido.

—Lo lamento —se disculpó—. El problema es que igual mi hermana es un poco exigente con lo que come.

Asentí, sin comprender muy bien.

—Voy a buscar el expediente.

—Bien.

Me alejé de la puerta y fui al comedor para coger la carpeta azul. Leí por encima el nombre de su hermana, «Ellen», y el año en el que había entrado a terapia: «Diciembre de 2017».

Cuando estuve frente a él, se lo extendí. Harry lo cogió y echó un vistazo por dentro y, al cabo de unos segundos, frunció el ceño. Eso me hizo saber que había algún problema.

—Hasley —dijo sin elevar la mirada—, no quiero molestarte, pero falta una carpeta que le di a tu madre hace un mes.

Alzó su vista hacia mí.

—Ella solo dejó esta carpeta… —murmuré.

—Entiendo… Tal vez se olvidó de la que falta…

—Es lo más seguro.

—Puede ser.

Su frente se arrugó y cerró la carpeta. Una parte de mí se ablandó, por lo que suspiré sin muchas ganas de decir lo siguiente:

—Pasa. La voy a llamar y le preguntaré por la carpeta que falta, así no tendrás que volver otra vez. ¿Te parece bien?

—Te lo agradecería, es muy importante —dijo sonriendo.

Me alejé de la puerta y escuché sus pasos detrás de mí.

—¿Quieres tomar algo? ¿Agua, zumo?

—Agua está bien.

Cogí mi móvil y marqué el teléfono de mi madre mientras caminaba a la cocina para servirle a Harry un poco de agua. Al tercer tono, ella contestó. Pensé que escucharía música de fondo o los gritos de sus amigas; sin embargo, fue todo lo contrario, había silencio y escuchaba el sonido de un reloj contar el tiempo.

—Hola, cariño.

—Mamá, ha venido Harry y dice que falta una carpeta que te dio hace un tiempo. ¿Sabes dónde está para que se la dé? Sigue aquí en casa.

Regresé con él para tenderle el vaso y lo sujetó. Me quedé con el móvil en la oreja, esperando la respuesta de mamá.

—¡Qué torpe soy! —gritó—. ¡Lo olvidé! Amor, amor —repitió—, está en mi habitación. En uno de los cajones de mi escritorio. La carpeta es beis. En la primera hoja tiene escrito el nombre de Ellen Heathcote. Dásela, por favor, y que él compruebe que es la correcta.

—Vale. Te aviso si todo sale bien.

—Gracias, amor.

—Te quiero —me despedí, y le colgué. Harry me miró cuando bajó el vaso—. Ya me ha dicho dónde está. Voy a buscarla, ahora vuelvo.

No esperé su respuesta y le di la espalda para ir a la habitación de mi madre a buscar la famosa carpeta. Tardé alrededor de unos cinco minutos porque me entretuve mirando papeles que había esparcidos por su escritorio. Finalmente encontré la carpeta en uno de los cajones, tal como había dicho mi madre, y bajé de nuevo para dársela a Harry.

—¿Es esta? —pregunté.

Él la revisó.

—Sí, lo es.

Leyó otras cosas y lo observé durante ese tiempo. Me parecía curioso y extraño que nos hubiéramos conocido en la universidad y que luego nos hubiéramos vuelto a ver en mi casa porque él era el hermano de una paciente de mi madre.

«Los azares de la vida», diría ella.

—Harry —empecé a decir. Sus ojos de color miel me miraron—. Creo que debo disculparme por lo que sucedió en el auditorio —dije, tomando asiento en el otro sillón—. No sabía que eras tú quien darías la charla. Tampoco que no fueras consciente de que daban créditos por las horas que duraba la conferencia.

Cerró la carpeta y sonrió.

—Descuida, también he sido universitario, Hasley. No tiene nada de malo asistir a una charla si eso ayuda en tus calificaciones. Muchas veces uno busca aprobar como sea, aunque sea por la mínima.

—Ya, pero me dio mucha vergüenza cuando supe que había estado hablando con el ponente. —Me reí—. Gracias por las dos horas de la conferencia, de verdad que las necesitaba.

—Es un gusto saber que te ayudé —dijo colocándose bien el cuello de la camisa—. Una duda. ¿Eso quiere decir que no vas bien?

Junté las cejas y me quejé en voz baja; él me miró con una ceja alzada, divertido.

—Algo así.

—¿Se ha complicado?

—No, es solo que no soy nada disciplinada, lo dejo todo para el último momento. Lo he intentado, pero me resulta muy difícil.

—Sin embargo, eres consciente de tus responsabilidades, ¿no?

—Ajá.

Harry cerró los ojos antes de echarse a reír, y yo acabé riéndome también.

Nunca me había dado cuenta de las cosas tan simples que nos pueden hacer reír. No se necesita un chiste elaborado ni un espectáculo con bocinas para reírnos a carcajadas.

—Soy un poco olvidadiza —admití.

—Ya veo —dijo. Se quedó en silencio unos segundos y prosiguió—. A tu madre le gustan los cisnes, ¿no?

Eso me dejó desorientada. No entendía por qué me preguntaba eso.

—¿Por qué lo dices?

—Tiene muchas figuras de cerámica de cisnes, y también algún que otro cuadro —respondió, señalando con el índice alguna de las cosas que estaban cerca.

—Eres muy observador, ¿no?

—Un poco.

—Pues sí. Es su ave favorita porque significa pureza y paz, luz y elegancia. Por esa razón su despacho es blanco.

Harry esgrimió una sonrisa, comprendiendo.

—¿Y cuál es tu ave favorita, Hasley?

—Nunca he pensado en eso. A mí solo me gustan los gatos, pero no soy buena teniendo mascotas —dije, hablando de más, quizá—. ¿Cuál es la tuya, Harry?

Desvió su mirada al suelo y pude observar que su frente se arrugaba mientras pensaba su respuesta. Me quedé en silencio para no interrumpirlo.

—El guacamayo —respondió.

Por un momento creí que me explicaría por qué, y al ver que no lo hacía, me dispuse a preguntarle, pero justo en ese momento me sonó el móvil. Lo cogí. Se trataba de mamá.

—Ya la he encontrado —dije apenas descolgué—. Y Harry ha comprobado que es la correcta.

—Gracias a Dios. Estuve esperando tu llamada, y al ver que no tenía señales tuyas, pensé que tal vez hubiera ocurrido algo. Por eso te he llamado.

—Entiendo. Todo está bien. Descuida, no te tienes que preocupar de nada, ¿vale?

—¿La próxima vez me llamarás?

—¿Habrá próxima? —me burlé.

—Lo más seguro —canturreó.

—Bien, no tengo más opciones, ¿o sí?

Escuché de fondo que alguien gritaba su nombre. Amy.

—No, y ahora te dejo. Cuídate, y muchas gracias, cariño.

—De nada. Cuídate tú también.

Ella fue la primera en colgar. Me quedé mirando la pantalla por un instante. ¿Estarían bebiendo? Mamá bebía solo en las fechas festivas, era muy raro que lo hiciera en reuniones con Amy y sus amigas.

La voz de Harry me hizo salir de mis pensamientos, pero habría preferido que lo hubiese hecho con otra cosa.

—Me gusta tu camiseta.

El asunto de mamá pasó a un segundo plano. Me congelé.

Bajé mi mirada. Era una de Luke. Tragué saliva y volví a mirarlo, apretando los labios antes de contestarle.

—The Doors —señalé—. ¿Te gustan?

—Sí, siempre he admirado el álbum de *L.A. Woman* —dijo—. No soy muy aficionado a la música, pero me gusta escuchar algo de vez en cuando y tengo algunas canciones favoritas.

—¿Y cuál es tu afición? —le pregunté.

Dejo su mirada sobre la mía y se quedó pensativo.

—Amar la vida.

Fruncí mi ceño.

—¿Amar la vida?

—Sí, me gusta disfrutar un poco de todo lo que ofrece la vida y dar lo que pueda de mí. Amar. Solo amar.

Sopesé lo que me acababa de decir y me perdí en mis pensamientos. Amar.

Pero, en realidad, ¿qué era amar la vida? ¿Vivir?

CAPÍTULO 8

Ahí estaba de nuevo.

Era tan real.

Podía sentirlo.

Incluso más que otras veces.

Pero al querer aferrarme, al intentar no dejarlo ir, se desvanecía, se iba y me quedaba con las manos vacías.

Volvía a estar sola.

Otra vez.

Mis pensamientos danzaban de un lado a otro y sentía el dolor en mi pecho más fuerte a cada segundo. Todo a mi alrededor se desmoronaba, mi corazón se rompía en pedazos y no podía recogerlos.

Había caído una vez más.

Lo echaba de menos. No entendía, y no creía que consiguiera entender jamás, cómo había dejado una huella tan profunda en mí, como si hubiese quemado mi piel… No había medicamento alguno que pudiera hacer desaparecer el dolor que sentía por su ausencia.

Y tenía tanto miedo de que la cicatriz se hiciera más grande. ¿Estaba sanando? ¿O todo lo contrario?

Recordar a Luke era como abrir una herida llena de suturas. Se fue, se fue sin que pudiera demostrarle cuánto lo amaba, cuánto lo necesitaba, lo agradecida que le estaba.

Nunca me oyó decirle lo importante que era para mí. Quería sujetar su mano de nuevo, bailar con él mientras reíamos y yo podía escuchar sus carcajadas, que se convirtieron en mi sonido favorito. Recordaba sus ojos achinarse cuando sonreía, cuando era feliz.

Pero ¿durante cuánto tiempo seguiría doliéndome su ausencia?

—Perdóname.

Y me odiaba, me odiaba tanto que no podía perdonarme a mí misma. Luke había sufrido mucho, había tenido que hacerse mayor muy rápido y su inocencia le había sido arrebatada. Nunca disfrutó de ninguna de las etapas de su vida, no lo supieron amar, y yo me odiaba porque él se había aferrado a mí porque se sentía querido, porque se sentía bien conmigo, pero yo no pude corresponderlo hasta los últimos meses.

Los últimos meses, que creímos eternos.

«No importa; de todos modos, yo ya soy un caso perdido», me había dicho de manera despreocupada.

Le hice daño al principio y, sin embargo, nunca le pedí perdón. ¿Cómo pudo hacer tanto por mí cuando yo no lo correspondía del todo? ¿Cómo podía seguir de pie con la vida tan miserable que llevaba? ¿Cómo era posible que fuera fuerte?

Admiraba su fortaleza.

Era el ser más roto que había conocido, pero, aun así, se mantuvo fuerte.

Me estaba ahogando con mi propio llanto y me sentía enferma.

Maldita sea.

Tenía que haberlo apoyado, él me necesitaba, pero no, no estuve a su lado cuando debía. Dejé que el ángel siguiera con el ala rota.

Hice todo lo que estuvo en mi mano para conocerlo mejor, entré en su vida, dejé que me amara y le di esperanzas. Su corazón quizá hubiese dejado de latir, pero tomó el mío y siguió viviendo solo porque mi corazón latía.

«No puedes entrar en la vida de alguien, hacer que te quiera y luego marcharte —me había dicho—. Esas cosas no se hacen, Weigel».

Grité todo lo que pude, sintiendo que se me rasgaba la garganta. Hacía mucho tiempo que no gritaba así. Neisan no me dejaba que lo hiciera, pero hoy podía gritar cuanto quisiera porque mi madre no estaba en casa. Quería desahogarme, patalear y permitirme odiar cada segundo de mi existencia por no tener a Luke a mi lado. Por ser tan cobarde e inmadura y no haberme enfrentado a las cosas cuando habían comenzado a ir mal.

Y entenderás de la peor manera que no todo es para siempre.

La muerte de Luke había sido esa peor manera, la más dolorosa e inolvidable. Nos dijimos tantas cosas que incluían las palabras «para siempre» sin saber lo poco que nuestra relación iba a durar, sin saber que lo nuestro acabaría de una forma tan dolorosa.

Nuestros caminos se habían separado y yo aún no quería aceptarlo.

Casi tres años.

Casi tres malditos años y no era capaz de aceptarlo.

No podía decirle adiós a una persona que había significado tanto para mí. No lo quería olvidar. Aún me despertaba con la esperanza de que él estuviera a mi lado, despeinado y con esos ojos azul eléctrico que erizaban cada vello de mi piel. Con la esperanza de escuchar aquella voz que revolucionaba mi interior.

Él era capaz de inquietar y apaciguar mis emociones.

—Perdóname, no me di cuenta de lo hundido que estabas. No quise ahogarte.

¿Cómo habría sido todo si yo hubiera tomado las decisiones correctas, si hubiese sido honesta con mi corazón? Quizá él estuviera conmigo. Yo estaría terminando mi carrera y él habría acabado el año anterior. Las cosas irían bien. Seguiríamos con nuestros sueños, con nuestras metas, con nuestro camino.

Pero todo, absolutamente todo, terminó en un boulevard.

Dios mío, no le hacíamos daño a nadie con nuestro amor. ¿Por qué tuvo que suceder eso?

Solo pedía una oportunidad, una sola, para poder demostrar que sí lo podría querer mejor, que las cosas podrían salir bien, porque, como Luke decía, todo podía ir de maravilla si nos teníamos el uno al otro. Porque así entendía él el amor.

Aún podía ver su sonrisa, pero me sentía tan mal por no poder tocarlo, por no poder sentirlo a mi lado. Por ser cada vez más consciente de que él se iba alejando de mí, que poco a poco su voz desaparecería de mi memoria Lo único que me quedaba eran los recuerdos.

Pero yo quería que él estuviera conmigo hasta el final de mi vida.

—Perdóname —dije con dolor.

Tiré la almohada lejos de mí y me abracé a mí misma.

Casi tres jodidos años y seguía sin poder vivir sin él. Tres miserables años, y aún me dolía tanto como cuando había partido. Tres años que habían sido un maldito infierno para mí, porque había tenido que fingir que su muerte me había dejado de doler, cuando la verdad era que me quemaba por dentro, que me hacía sentir enferma. Solo quería rendirme; si aún no lo había hecho, era por él. Porque me había pedido que siguiera adelante.

Eso fue lo que me pidió.

Tenía que continuar con mi vida y ser feliz, aunque no fuera con él.

Mi mente se quedó en blanco. Me había cansado de llorar.

En estos tres años había pasado por muchos días como este en los que la melancolía regresaba y no podía evitar que las lágrimas salieran y que los sentimientos comenzaran a florecer. Eran días en los que tenía que lidiar con toda esta tristeza y todo este dolor, pero sabía que esto no era vida. No lo era.

Me quedé mirando el techo y suspiré. Me puse en pie y entré en la ducha para refrescarme. Estuve bajo el agua varios minutos y finalmente salí. Me puse una camisa de Luke y un pantalón vaquero corto y, sin peinarme, bajé a la cocina para buscar algo de comer. Sin embargo, unos golpes en la puerta hicieron que tomara un camino diferente.

Comprobé en un espejo que mis ojos ya no estuvieran rojos e hinchados antes de ir a abrir.

Al ver quién era, fruncí el ceño. Solo hacía una semana que lo había visto y ya estaba aquí de nuevo.

—Mi madre no está.

—No venía a verla a ella —dijo.

Me mordí los labios e hice una mueca.

—¿He elegido un mal momento para venir?

—¿Crees que sonaría grosera si te digo que sí?

—Entiendo… Entonces lo siento, supongo que de ahora en adelante tengo que avisar cuando vaya a venir, siempre que, claro, no sea para una reunión con tu madre.

—Disculpa —me arrepentí. Él no tenía la culpa de mi mal humor ni de mi mala relación con el sufrimiento—. Es que no me encuentro bien. Me duele la cabeza y…

—No tienes por qué darme explicaciones, Hasley. No estás obligada a ello. Tranquila, entiendo que no te sientas bien. Todos tenemos días malos, y está bien sentirse así.

—Gracias.

Nos quedamos en silencio.

—¿Te gusta Pink Floyd? —preguntó, rompiendo sorpresivamente el silencio.

Bajé la mirada a mi camiseta y luego la alcé para mirarlo.

—Sí. Los conocí por mi novio; de hecho, esta camiseta es de él.

Mi voz tembló y cerré los ojos al darme cuenta de que iba a llorar. Resoplé algo enfadada conmigo misma y volví a conectar mi mirada con la de Harry, quien me miraba con calidez.

—¿Tienes novio? —dijo en voz baja—. Perdona que sea tan indiscreto…

Tragué saliva.

—No… Murió.

Mis palabras salieron crudas y frías; si las decía de esa forma, podía evitar el dolor. Al menos eso me favorecía.

Harry guardó silencio y suspiró.

—Vaya, lo lamento.

—Gracias.

Harry se quedó mirándome fijamente.

—Era muy joven, ¿sabes? —dije apoyándome en el marco de la puerta.

—Sé lo que significa perder a alguien. Es muy duro. Y parece que aún es algo muy doloroso para ti. Quiero decir que eso es lo que transmites.

—Pronto hará tres años —musité. No entendía por qué le estaba hablando de la muerte de Luke a alguien a quien casi no conocía, pero me sentía bien haciéndolo—. Se supone que el tiempo sana las heridas, que poco a poco se supera, pero yo siento que esto duele cada vez más y que no hay curación alguna.

Se me nubló la vista. No lloraría delante de él.

Esta era la cuarta vez que veía a Harry, y no sabía mucho sobre él, solo que daba clases en Melbourne y que su hermana era paciente de mi madre.

—Tal vez tú no ayudas a que el tiempo haga lo que tiene que hacer, pero ten en cuenta que cada cosa tiene su momento. No te esfuerces, uno termina agotándose mentalmente —murmuró.

—Él merecía seguir vivo. Tenía mucha vida por delante y lo único que puedo hacer es mantenerlo vivo recordándolo.

—Te estás haciendo daño. Mi madre solía decir que era bueno llorar a una persona fallecida, pero solo en su momento, después teníamos que dejar descansar su alma en paz. Era muy religiosa. Quiero creer que nuestros muertos están en un lugar mejor, porque en este mundo hay mucho sufrimiento y dolor.

Tenía razón, lo que más me consolaba era saber que Luke estaba en paz. Que ya no había nada que le hiciera daño. Quería creer que así era en realidad.

—¿Crees que estará en paz?

Él se relamió los labios.

—Debería ser así. La muerte es el descanso eterno, ¿no?

—Se supone.

—Tu rostro refleja tanto dolor en este momento.

Harry era un chico muy directo, pero decía las cosas en un tono relajado y amable. Cuidaba sus palabras, sabía cómo controlar la situación y no invadir más de lo necesario.

—Así me siento.

—¿Sabes? Nadie tiene que decirte que ya has sufrido suficiente. Tú misma te darás cuenta cuando sea el momento oportuno.

Elevé la comisura de mis labios.

—Pero recuerda que, para que nuestros muertos estén en paz, uno también debe estarlo.

CAPÍTULO 9

Mi madre decía que la mejor manera de conocer a una persona era saber cuáles eran sus proyectos y sus puntos de vista. También decía que hemos de aprender a alejarnos de la gente cuando algo no funciona, un consejo que ignoré muchas veces, dejando que las cosas fluyeran por sí solas.

Pero ahora, después de tanto tiempo, podía empezar a hacerle caso.

Metí la ropa restante en la secadora y presioné el botón de iniciar. La luz del lavadero titilaba de una forma que parecía un fenómeno paranormal. Me dispuse a ir a buscar una bombilla de repuesto, pero luego pensé que quizá se tratara de un problema de la conexión eléctrica.

Mi móvil sonó y lo cogí después de desenchufarlo del cargador. Vi notificaciones en la pantalla. Entre los pocos mensajes que tenía, uno era de Neisan.

Nei
¿Vas a hacer algo esta noche? ¿Te gustaría acompañarme a la bolera?

Hasley
También estoy bien ☺

70

Nei

Entonces ¿te apuntas?

Hasley

No tengo ganas de salir.

Además, estoy poniendo lavadoras.

Nei

Puedes acabar mañana ☺

Hasley

Deja de tentarme, Neisan.

Nei

Jajaja…, ya. Piénsatelo y me dices algo, ¿vale?

Me quedé con el móvil en la mano y un montón de pensamientos en la cabeza. No sabía qué quería responderle. Respiré hondo y lancé el teléfono a uno de los cestos de ropa.

—Amor, ¿estás ocupada?

La voz de mi madre me sobresaltó. Apareció asomando la cabeza por la puerta.

—Estoy estoy terminando de lavar —indiqué—. ¿Por qué? ¿Quieres que haga algo?

Ella entró con una sonrisa. Llevaba un vestido azul informal y unos zapatos de tacón negros. Mamá era una mujer hermosa, con su cabello negro lacio y sus ojos azules, y no era algo que pensara solo yo porque fuera mi madre, sino que la mayoría de la gente podía confirmarlo.

—¿Me ayudas? —me pidió, juntando sus cejas en un gesto de súplica—. No logro colocarme bien la peineta.

—¿Se puede saber adónde vas y con quién? —le pregunté confundida.

—He quedado con Amy —dijo, y puso los ojos en blanco—. Vamos a ir a una fiesta del club de ajedrez. Te invitaría, pero dudo que te divirtieras en un sitio como…

—Descuida —la interrumpí—, tú vete con tus amigas, lo entiendo perfectamente. Aparte, tengo que seguir investigando cómo se hace el jamón navideño —bromeé, arrugando la nariz. Lo único que sabía era que se rociaba con vino—. Necesito terminar el año aprendiendo a cocinar algún plato.

Soltó una carcajada divertida y negó con la cabeza. Yo le sonreí, abatida por haberle confesado lo mala que era en la cocina.

—Lo haremos juntas, Diane —aseguró—. Deja que yo te enseñe, cocinaremos el mejor jamón de Navidad que haya hecho nadie.

Me encogí de hombros sin mucho que agregar. La secadora anunció que ya había terminado. La vacié y puse la ropa en uno de los cestos. Me giré hacia mamá, que seguía de pie a un lado, observando mis movimientos.

—¿Qué te quieres hacer en el pelo?

—Solo un recogido alto, algo sencillo. —Salió del lavadero y la seguí, no sin antes coger mi móvil—. Mira que me he comprado unos colgantes preciosos y quiero lucirlos esta tarde, aparte de que hace juego con el vestido. ¡Oh, amor! ¡Que lo he olvidado, pero te he comprado unos a ti también! ¡Preciosos!

—Seguro que sí —murmuré.

Entramos a su habitación y se sentó frente al tocador. Yo guardé el móvil en el bolsillo trasero de mis pantalones cortos y me coloqué detrás de ella. Ambas nos miramos a través del reflejo del espejo.

—Te quiero mucho, lo sabes, ¿no? —me dijo, sonriéndome con nostalgia.

Cuando me decía ese tipo de cosas era porque no me veía bien o porque algo había sucedido y quería contármelo. Pero en ese momento dudaba de que se tratara de lo segundo.

Ella, más que nadie, quería verme recuperada, fortalecida y con el brillo —como ella decía— que me había caracterizado alguna vez.

Me había dicho en tantas ocasiones que tenía una vida por delante y muchas cosas que vivir, que la vida no se acababa aquí, que tenía muchas oportunidades para mí.

Después de todo, me encontraba como antes de conocer a Luke: sola con mi madre.

—Yo te quiero más —le dije en voz baja.

—Hasley, ¿no crees que ya es suficiente…?

Lo sabía. La conocía tan bien… Sabía que me iba a decir algo así, que volvería a insistir en que tenía que dejar de aferrarme al recuerdo de Luke.

Suspiré y cogí el cepillo para peinarla. Empecé a desenredarle el pelo desde la raíz hasta las puntas. No quería otra charla, no quería que me tratara como a uno de sus pacientes. Yo ya tenía psicóloga, no quería repetir mi sesión con ella.

—¿Tardarás? —pregunté, intentando cambiar el rumbo de la conversación.

—Hasley…

—Mamá —supliqué, y alcé la vista hacia el espejo para mirarla, la imagen de ella se distorsionaba por mis ojos cristalizados—, ¿puedes dejar de recordármelo? Te juro que lo estoy intentando, ya sé que ha pasado mucho tiempo, pero me estoy esforzando en hacerlo bien, en sanar y que deje de doler. Te juro que estoy aprendiendo a vivir de nuevo.

Me pasé la yema de los dedos por debajo de los ojos para eliminar las lágrimas. No quería llorar. Esta vez no lo haría. Mi madre se puso de pie y me abrazó.

—Lo siento —susurró—, solo estoy preocupada. No era mi intención que te sintieras así.

Me alejé de ella y dejé caer mis hombros, cansada de este tipo de escenas, aunque las anteriores habían sido fatales. Me senté en el borde de la cama y me lamí los labios. Ella se acercó y se sentó a mi lado.

—Hay días en los que me siento capaz de continuar, en los que creo que ya estoy mejor, pero siempre hay algo, un olor, un lugar, un color, cualquier cosa que me hace recordarlo y vuelvo al inicio. Es como si solo caminara en círculos —dije con la voz entrecortada.

—Algunas personas son como los tatuajes —dijo.

—Y como el pasado, te marcan y se quedan —agregué, citando las mismas palabras que Luke me dijo cuando nos fuimos a hacer el tatuaje juntos.

—Exacto —me sonrió—, y uno puede aprender de ellas.

Fruncí el ceño. No la entendía.

—¿Cómo?

—Los tatuajes, el pasado y las personas son lecciones de la vida, no podemos fingir que nunca estuvieron ahí. Tal vez podamos ocultarlo todo, pero muy en el fondo sabemos que han formado parte de nuestras vidas, y que de alguna manera lo siguen haciendo —explicó.

—¿Experiencias que duelen?

Ella sonrió.

—Algunas cosas tienen que doler. Ello hace que sepamos que estamos vivos, y eso está bien.

Dejé caer mi cabeza sobre su hombro y respiré hondo. Mamá puso una mano en mi rodilla y empezó a hacerme pequeñas caricias.

—Me gustaría verlo una última vez para despedirme. No me despedí de él —dije.

—Puedes decírselo en tus sueños, quizá te escuche.

—¿Tú crees?

—Sí.

—¿Por qué estás tan segura?

—No es que esté segura, pero siento que debe de ser así, Hasley. Una vez alguien me dijo que los seres queridos que ya no están con nosotros jamás nos abandonan, que muchas veces nos visitan en fechas especiales y se comunican con nosotros a través de los sueños.

Si esto me lo hubiesen dicho tiempo atrás, habría pensado que era una completa locura; sin embargo, las veces que soñaba con Luke lo sentía tan real, incluso su tacto y el timbre de su voz... Quizá sí fuera cierto que las personas a las que habíamos querido y que estaban muertas se comunicaban con nosotros a través de los sueños, pero entonces ¿él quería de verdad que lo dejara ir…? Tantas veces me lo había dicho cuando lo veía en mis sueños.

Sentí una fuerte presión en el pecho. La idea de que Luke quisiera que lo dejara atrás me aterró. Entonces, de repente, recordé algo que me dijo un día que estábamos tumbados en el césped de su jardín mientras mirábamos cómo el cielo se teñía de gris: «Weigel, tienes derecho a ser feliz».

Lo sabía.

El problema era que no sabía cómo.

—Cancelaré mi salida —anunció mamá.

Me separé de ella y arrugué la frente. No dejaría que hiciera eso, no podía dejar plantada a Amy y a sus demás amigos por mí.

—¿Qué dices? Ah-ah…, no-no…, no —tartamudeé.

—Mejor me quedo a pasar la tarde contigo, ¿vale?

—Mamá.

—Ya lo he decidido —me interrumpió. Se quitó los tacones y se puso de pie esgrimiendo una sonrisa—. ¿Recuerdas que cuando llegaste te dije que haríamos galletas? Bueno, ya que no hemos podido hacerlas hasta ahora, creo que hoy puede ser el día perfecto. ¿Te apetece?

Entrecerré los ojos y me reí por lo bajo, meneando la cabeza con diversión. Si bien podría hacer que mantuviera sus planes de salir, la verdad era que me apetecía mucho pasar la tarde con ella.

Desde pequeña, y hasta que me fui a la universidad, mamá y yo habíamos sido inseparables. Ella se había esforzado mucho en educarme y pasar el mayor tiempo posible conmigo. Hacíamos figuras con arcilla, arreglábamos de vez en cuando el jardín, íbamos a tomar el sol a la playa —antes de que me dejara de gustar tanto— y veíamos películas que habían salido dos años atrás.

En mi rostro se dibujó una sonrisa nostálgica por todo lo que ella y yo habíamos pasado. Sus ojos conectaron con los míos y el pasado de mi niñez volvió a atraparme: las noches en las que ella lloraba cuando yo tenía cinco años porque papá nos había dejado; las tardes en las que fingía no estar cansada cuando llegábamos a casa para jugar unas horas conmigo; las veces en las que, para el día del padre, ella prefería llevarme a comer en lugar de asistir a los eventos que la escuela organizaba.

Todos esos recuerdos me hicieron sentir viva y entender que una parte de mí seguía aquí, perteneciéndole a mamá.

—Me gustaría hacer galletas contigo —declaré finalmente—, pero no de avena, por favor.

Su sonrisa se agrandó, mostrándome sus dientes.

—Las haremos de lo que tú quieras. ¿Mantequilla, chocolate, almendras?

—Que sean de mantequilla, son mis favoritas.

—De mantequilla, entonces —afirmó—. Espero tener todos los ingredientes, no he ido mucho al súper últimamente.

—Si no, podemos hacer tortitas.

—Galletas para merendar y tortitas para cenar. —Se sujetó el cabello en una cola alta y continuó—: Voy a quitarme el vestido y a llamar a Amy, y no te preocupes por nada, ella lo entenderá a la perfección.

—¿Sí?

—Claro —dijo con el objetivo de tranquilizarme.

Asentí y arrastré mi mirada por el suelo. Mi móvil vibró en el bolsillo de mi pantalón y recordé que tenía una propuesta de Neisan. Luego, cuando estuviera abajo con mamá, le diría que al final no iría a los bolos con él.

—Hasley.

Levanté la cabeza para mirarla. Se encontraba de pie frente a mí y se inclinó un poco, suspirando.

—¿Ocurre algo? —pregunté.

—No quiero que te pase nada, mi amor. Eres lo único que tengo. —Su voz se entrecortó. Me acarició la mejilla—. Solo quiero verte feliz, amando y disfrutando. Es lo que más anhelo.

Le sonreí con pesadez.

—Créeme que yo también lo anhelo.

—Lo conseguiremos juntas.

—Gracias, mamá.

El sentimiento de pérdida fue lo que me hizo saber que yo no quería que mi madre sintiera lo mismo, si con tan solo verme llorar se rompía, ella no soportaría más. Claro que yo amaba a Luke, pero también la amaba a ella.

CAPÍTULO 10

Hay días en los que logro sentirme bien, conmigo misma y con la vida. Hay días en los que los recuerdos no duelen y puedo repetirlos en mi cabeza con una sonrisa. Sin embargo, también hay días en los que todo me envenena y vuelvo a recaer.

Es como si todo lo que hubiese avanzado no sirviera de nada.

—Creo que estás dejando de doler —murmuré—. Solo un poco, pero lo siento así y me gusta. Lo único que espero es no detenerme.

Cubrí mi rostro con mis manos, el aire estaba más salvaje que otras veces y el cielo se estaba tiñendo de gris. En las noticias habían dicho que una tormenta le daría la bienvenida al verano, algo sumamente loco, para ser realistas.

Solo esperaba que la lluvia no dejara un ambiente caliente, sofocante y húmedo.

Eché una última ojeada a la lápida y me alejé para salir del cementerio. Pero, enseguida, me detuve al mismo tiempo que lo hacía él dirigiéndome una sonrisa.

—Ya no creo que esto sea casualidad —dije frunciendo el ceño, confundida.

—Yo tampoco. —Harry bajó el ramo de rosas blancas—. Será mejor que confieses y me digas que te gusta seguirme.

Me dejó boquiabierta.

—¿Seguirte? —Solté una carcajada y negué con la cabeza—. Eres muy modesto, Beck.

—¿Beck? Vaya, ¿ya utilizamos apodos?

—Beck, de Beckinsale —señalé—. Ahora admite que eres tú quien ha estado siguiéndome a mí.

—Ya. Beck —saboreó el apodo—. No voy a admitirlo porque sería mentir y a mí no me gusta mentir.

—Ay, por favor —me burlé.

—En serio. Estoy aquí porque es domingo de rosas blancas para mi madre —me explicó, y luego se cubrió la mitad de la cara con una bufanda verde porque el aire empezó a levantar arena y hojas—. Sídney con lluvia. Genial.

Miré el ramo y lo comprendí todo. Cementerio. Rosas blancas. Su madre. No era necesario hacer preguntas, ni tampoco ser un genio para entender qué estaba haciendo aquí.

—Entiendo. —Lo miré a los ojos y él a mí. Un momento de silencio y añadí de golpe—: ¿Puedo acompañarte?

Su gesto cambió. De repente, pareció confundido, como si lo que acababa de preguntarle fuese la cosa más rara del mundo.

Volví a inflar las mejillas. Al no contestarme, me sentí tonta.

Tal vez quisiera estar a solas. Quizá él también lloraba y hablaba cuando visitaba la tumba de su madre. Me sentí mal por estar invadiendo su espacio.

—Disculpa, supongo que quieres estar solo…

—No, no… Solo es que tu proposición me ha pillado desprevenido. No era mi intención quedarme callado, es que… Tus ojos son preciosos.

La comisura de mis labios se curvó. Hacía muchísimo que no sentía la cara arder, aquel efecto había dejado de actuar en mí, pero, de pronto, pasó. Me sonrojé. Así que no pude seguir sosteniéndole la mirada. Me quedé callada mirando al suelo mientras esperaba que desapareciera rápido el color rojo de mi cara.

—Gracias —susurré.

—No hay de qué —murmuró—. Respondiendo a tu pregunta: claro que puedes venir conmigo y, si quieres, puedo invitarte a almorzar, pero, bueno, solo si quieres. No te sientas obligada...

Regresé a sus ojos miel y reprimí una pequeña risa.

A pesar de habernos conocido de la manera más vergonzosa para mí, él se mostraba muy amable y comprensivo. Me gustaba su forma de ser y cómo siempre estaba dispuesto a ofrecerme una sonrisa, aunque puede que fuera algo que hiciera con todo el mundo, no solo conmigo.

—Sí, está bien. Aceptaré tu invitación.

Levanté la cara y enderecé los hombros. Él se bajó un poco la bufanda y sonrió de oreja a oreja, transmitiéndome su alegría como solo él sabía hacer. ¿Qué clase de superpoder era ese?

Harry parecía tener un don, y era un don que me empezaba a gustar mucho: podía hacerme sonreír y, además, tenía una sonrisa preciosa. No podía negarlo.

Me hizo un ademán para que caminara y obedecí. Se puso a mi lado y sujetó el ramo a la altura de su pecho. Íbamos en silencio, yo me sentía incómoda por no saber qué preguntar o qué decir. Luke siempre decía que hablaba mucho, que no paraba de hablar. Por ello ahora tenía miedo de estropear aquel momento.

—Mi madre se comportaba como tú cuando murió mi padre. Me recuerdas a ella. Por eso te dije... —empezó a decir en voz baja y mirando al frente.

—Tu padre... —lo interrumpí, dejando la frase sin acabar. ¿Habían muerto los dos?

¿Por qué siempre conocía a chicos a quienes se les había muerto alguien importante en sus vidas?

—Mi padre murió en el atentado de España de 2004. —Su voz era firme y tranquila. Nos detuvimos cerca de una lápida color coral. Al ver el año, me sentí mal—. Tres años más tarde, mi madre falleció por sobredosis.

> Marie Williams de Beckinsale
> 1969-2007
> Madre y esposa. Siempre estarás
> en nuestros corazones.

—Lo siento mucho, Harry —murmuré.

Él me miró.

—¿Ya no soy Beck?

Sonreí.

—Siempre serás Beck.

Divertido, negó con la cabeza.

—También me gusta que me llames Harry. —Hizo una mueca y prosiguió—. Tenía catorce años cuando murió mi madre. Creí que ella saldría adelante por mí; se supone que eso es lo que hacen los padres, luchar por sus hijos. Sin embargo, no fue así… Mi hermana y yo nos fuimos a vivir con mi abuela paterna. Ella fue la que nos cuidó. Ellen, mi hermana, es una gran chica y seis años menor que yo. Siempre he estado muy pendiente de ella.

Eché una mirada más a la lápida y luego me volví hacia él. Estaba de perfil. Tenía un perfil bonito. Quería preguntarle varias cosas, sentía curiosidad y quería saber más de su vida.

Nunca dejaría de ser una cotilla preguntona. Siempre me habían dicho que ese era mi gran defecto.

—Gracias a Dios, terminé mis estudios, me pude graduar y ahora tengo dos trabajos que me encantan y que me permiten pagar los estudios de mi hermana.

Harry contaba todo con tanta calma, sin tartamudear ni dudar. Hablaba de su vida como si ya estuviera lejos del dolor. Como si ya no hubiera recuerdos amargos, dejando claro que esa etapa había quedado en el olvido, que él estaba mirando hacia delante, que seguía su camino, sin detenerse.

Autosuperación, quizá.

—¿No te afectó en tus estudios la muerte de tus padres?

—No. Lo dije en la conferencia: una persona madura no deja que sus emociones entorpezcan su trayectoria laboral. Eso siempre será así, alguien que tiene sus metas y sueños claros sabe cómo afrontar las cosas.

—¿Tienes sueños? —le pregunté cruzándome de brazos. Tenía frío. Estaba segura de que debía de tener la nariz roja.

—Claro que tengo sueños. Aún estoy tratando de cumplir algunos porque desde que era muy pequeño tuve que asumir responsabilidades de adulto.

—Creciste muy rápido, ¿no es así? —me atreví a preguntar.

Beck asintió y se puso en cuclillas para quitar el ramo de girasoles que ya estaba marchito y colocar el de rosas blancas. Limpió la lápida y se volvió a poner de pie, mirándome.

—Crecí rápido porque esa fue mi decisión. Yo le decía a mi madre que tenía que seguir adelante, así que traté de seguir mis propios consejos. Mírame, puedo estar arrepentido de algunas cosas, pero no de las que me hicieron lo que soy. Hay que verle el lado positivo a todo, Hasley, incluso cuando el mundo está en tu contra.

Escuchándolo, me sentí triste. No estaba enfadada como cuando mi madre o Neisan trataban de animarme, simplemente me sentía triste, quizá porque lo que decía era verdad.

Estaba suprimiendo mi lado defensivo, la pequeña leona agresiva que habitaba en mi interior estaba siendo domada. Las palabras de Harry parecían ser capaces de eliminar de un golpe mis pensamientos negativos, mis métodos de «no querer superarlo».

—¿Qué quieres decir? —pregunté cuando él se volvió, dándome la espalda.

Me miró por encima del hombro.

—Que, si sigues llorando, sufriendo y lamentándote, es porque no estás tomando lo que te hace daño como una alternativa a la felicidad. Estás triste porque te aferras a algo, no porque debas estar triste. Si él te amaba, querría que fueras feliz, porque, cuando uno ama a alguien, lo único que quiere es su felicidad. Así de fácil.

—¿Y qué hago con los recuerdos, Beck?

Se quitó la bufanda verde y se acercó a mí. Me la colocó en el cuello para cubrir mi nariz. Se tomó el tiempo de acomodar mi cabello y dio un paso hacia atrás.

—Hasley, son solo eso, recuerdos. —Se humedeció los labios y se tocó la nariz—. Sigue adelante y deja de llorar. Ya verás como todo irá bien.

Comenzó a caminar y troté rápidamente para tomar su mano. Y ese tal vez fue el inicio de mis dudas. Su piel era cálida y suave como el tono de su voz. Se volvió hacia mí y me observó con el ceño fruncido. Mis ojos se nublaron, abrumada por la cantidad de pensamientos que llenaban mi mente.

—¿Y cuándo dejan de doler?

—Cariño, cuando tu corazón empiece a sanar. Y entonces él se encontrará en paz.

CAPÍTULO 11

Me encontraba en medio del callejón aferrándome a lo que tenía en las manos: el paraguas. ¿Cómo, en pleno verano, podía llover de esa manera? Quizás el clima estuviese de mi lado hoy, después de todo; mis ojos no eran los únicos que estarían mojados.

«Muchas gracias», pensé.

Respiré hondo y sentí que las puntas de mis dedos comenzaban a entumecerse, tenía que irme de allí por dos motivos: uno, me estaba empapando, y dos, si quería superar algunas cosas, tenía que comenzar desde el principio.

Me mordí el labio inferior y me volví para salir del boulevard. Ya no era como antes, los árboles comenzaban a morirse y el brillo del pasado ya no existía. Todo comenzaba a deteriorarse, a dejar de existir.

Tiritaba mientras caminaba por la acera. Al cabo de unos veinte minutos, me detuve en una esquina y miré al otro lado de la calle mientras consideraba si lo que estaba a punto de hacer era una buena o una mala idea.

«Fui a la casa de un amigo y tomé este camino, me acordé de que tu casa quedaba por aquí y decidí tocar la puerta para ver qué sorpresa me traía la vida», recordé que me dijo Luke una vez que apareció en la puerta de mi casa sin avisarme, como acostumbraba a hacer, y me quitó de las manos la tostada de mantequilla de cacahuete que estaba a punto de comerme, para arrastrarme con él a la calle. Yo no lo creí al principio, pensé que lo que me acababa de decir era solo una excusa para sacarme de casa.

Qué ingenua era algunas veces.

«Detente —me suplicó mi subconsciente—. No quieres hacerlo, sabes que no».

Pero no sirvió de nada. Miré a ambos lados de la calle y crucé. No sabía si André estaría en casa, pero confiaba en que sí.

Me detuve frente a la puerta de una casa amarilla y, sin esperar más, llamé varias veces, rezando para que mi caminata no hubiera sido en vano.

El agua me salpicaba los pies y comenzaba a mojarme el pantalón.

La puerta de color blanco se abrió y ante mí apareció el mejor amigo de Luke. André me miró serio. Parecía no estar muy seguro de lo que estaba viendo, pero luego sus ojos se abrieron, sorprendido.

—¡Hasley! —me saludó muy sonriente—. Pasa, adelante. No te quedes ahí fuera, está lloviendo.

Bajé el paraguas y lo cerré. Me dejó pasar y me indicó que lo dejara en la esquina para que se escurriera.

Su casa tenía un olor extraño, pero sumamente agradable, olía a madera fresca recién cortada.

—Hola, André —dije girándome hacia él y sonriendo.

—Hey, ¿qué haces por aquí?

—Pasaba por aquí cerca y quise visitarte para ver qué sorpresa me traía la vida —contesté, inspirándome en la frase de Luke.

—Bueno, para ser sinceros, la sorpresa me la he llevado yo. No te esperaba para nada. De hecho, creí que no volverías a Sídney. Ya ha pasado bastante tiempo desde la última vez que nos vimos para hablar de Luke. Pero pasa y toma asiento, no te quedes ahí de pie.

Le di las gracias en voz baja y me senté en el pequeño sofá.

—No puedo estar evitando siempre este lugar. Nací aquí y, a pesar de lo que he sufrido, también he vivido cosas maravillosas, no puedo olvidarme de los buenos momentos que he pasado.

—Exacto —asintió—. ¿Qué tal te va todo?

—Hum… Relativamente bien, he estado mal algunos días, no lo voy a negar, pero sé que poco a poco podré sonreír sin que me duela recordar a Luke.

—Eso es muy valiente por tu parte.

—¿Y tú cómo has sobrellevado las cosas?

André caminó por detrás del sofá meneando la cabeza.

—No me puedo quejar. He entrado a la universidad hace poco. Me comprometí a salir adelante, a crear metas y a avanzar. Me di cuenta de que no estaba haciendo nada con mi vida. —Alzó una de sus cejas y me apuntó con su dedo índice—. ¿Quieres tomar algo?

—Sí.

—Puedo traerte alguna bebida fresca, pero me parece que has cogido frío y he hecho chocolate caliente, ¿te apetece una taza?

—Sería estupendo, muchas gracias. Pero no quiero molestar.

—No es ninguna molestia, no te preocupes. —Se rio mientras caminaba hacia una puerta—. Ahora vengo.

Me quedé de pie observando la casa. Era bastante grande para una sola persona. ¿Alguna vez Luke se habría quedado a dormir aquí? Quizá… Cuando se peleaba con sus padres, venía a esta casa, con André.

Caminé con pasos lentos hacia unos estantes y miré las fotografías que había allí. Los marcos tenían polvo, como si se limpiaran dos veces al mes, o nunca. En algunas fotos aparecía André de pequeño con una chica que tenía sus mismos rasgos —no dudé ni un segundo de que era su hermana— y en otras se veía a otros miembros de su familia. Ladeé la cabeza y seguí mirando.

De repente, me arrepentí al ver a Luke en algunas fotos con André. A ambos se los veía riendo, jugando, serios, bebiendo, fumando, con dulces o con bengalas… Había una en la que estaban con una chica castaña. Ella abrazaba a Luke, mientras que André posaba tras ellos haciendo un gesto de desagrado. En otra, esa misma chica besaba a Luke y André estaba al lado sonriendo de oreja a oreja.

Esa chica.

Negué para mí misma sin querer aceptarlo.

¿Era la exnovia de Luke?

No.

¿André la conocía?

Seguí mirando y la misma chica castaña seguía apareciendo.

Ellos… ellos tenían fotos.

Yo no tenía ninguna foto con Luke. No le gustaban los móviles y la verdad era que yo no me preocupé de hacerme fotos con él.

No podía negar que me hizo daño ver esas fotografías, aunque me agradó saber que en esos momentos había sido feliz.

—¿Qué miras?

La voz de André me sobresaltó. Desvié la vista hacia él arrugando el entrecejo.

—¿Quién es? —pregunté casi en un susurro, aunque sabía muy bien quién era.

Él miró la fotografía y regresó a mi lado rascándose la nuca. Me tendió la taza de chocolate caliente.

—La verdad es que contestarte me resulta algo incómodo. No quiero que te enfades. Ella forma parte del pasado.

—André —lo interrumpí—, Luke está muerto. No puedo reprocharle nada sobre su vida amorosa —le recordé—. ¿Es su exnovia?

—Sí —murmuró—, pero sé que él prefería dejar a un lado algunas cosas porque creía que no tenían importancia.

—Para mí sí la tienen.

André suspiró.

—Ella es mi mejor amiga, Bella.

Bella. Así se llamaba.

—¿Cuánto duraron?

—Un año y medio.

A mí me dijo meses.

Me sentía mal por esto, por supuesto que sí. Que me contara a medias las cosas fue algo que siempre me disgustó. Sin embargo, parecía que ahora podría conocer lo que realmente había pasado.

—Las cosas no terminaron muy bien. Bella se fue a estudiar fuera del país y tuvieron que dejarlo. Él lo aceptó, perdieron el contacto y —se detuvo—. Para ella fue difícil enterarse de que Luke había muerto.

Traté de ignorar mi tristeza. Quería saber más, sin importarme cuánto me doliera enterarme de que Luke pudo ser feliz con otra chica. Mucho mejor que yo.

—¿Luke la quería? ¿Bella lo quería?

André negó con la cabeza y contuve el aire en mis pulmones.

—No creo que lo que Luke sintió por Bella fuera amor. Es verdad que la adoraba, pero no la amó.

—¿Por qué lo dices?

—Porque fueron muchas las veces que me dijo que se sentía fatal por tenerla a su lado solo por comodidad. Él la apreciaba mucho, eso sí. Nunca fue de demostrar sus sentimientos, ni era un tío romántico, pero Bella me decía que cuando estaban solos él se mostraba muy susceptible… Su relación empeoró cuando él comenzó a depender emocionalmente de ella.

Me mordí los labios.

No sabía si me sentía mal por Luke, por Bella o por los dos.

—Y cuando rompieron, ¿cómo lo llevó Luke?

—Fue difícil para él.

—¿Mucho?

—Demasiado. Sin embargo, Luke era un tío genial. Sabía que no podía mantenerla a su lado, que necesitaba dejarla ir, así que eso fue lo que hizo. Luego pasaron otras cosas y Bella… Dios, creo que no soy yo quien tiene que contarte todo esto.

—¿Por qué?

Me sentí confundida. ¿A qué se refería André? Tuve la sensación de que no era a la relación de Luke con Bella. Parecía como si necesitara contarme algo pero no supiera cómo hacerlo.

—¿André?

—Hasley, puedes estar segura de que Luke te quiso de verdad. Su relación contigo fue muy diferente. No se quiso equivocar, intentó ser el mejor y nunca te falló.

Algunas lágrimas descendieron por mis mejillas y me tragué el nudo que se había formado en mi garganta.

—Esto duele.

Luke no fue tan infeliz como yo había creído. Quiso a otra chica y esa chica también lo quiso a él.

Extrañamente, me sentí peor.

Miré a André con los ojos llorosos y él negó con la cabeza mientras se mordía los labios, nervioso, y acortaba la distancia entre nosotros. Parecía melancólico. No lo conocía muy bien, pero tuve la sensación de que tampoco había superado aún la muerte de Luke.

De repente me abrazó y murmuró:

—Sé que duele.

CAPÍTULO 12

R ose siempre decía que no era bueno remover heridas del pasado, que debíamos dejarlas cicatrizar, para que, cuando las miráramos, solo recordáramos que eran marcas de una ardua batalla que dio como resultado nuestra mejor versión.

Pues bien, la conversación que tuve con André volvió a abrir muchas de las heridas que ahora volvían a dolerme. No podía dejar de preguntarme una y otra vez: «¿Por qué?».

Era difícil ignorar el constante dolor punzante en el corazón, así que decidí salir a correr para hacer sufrir un rato a mi cuerpo y dejar reposar a mi alma.

Mientras corría, vi que el cielo se volvía a colorear de azul, aunque las nubes grises todavía amenazaban con querer sorprendernos con alguna llovizna, y también perdí la noción del tiempo. No fue hasta que llegué de vuelta a la puerta de mi casa y miré el reloj cuando me di cuenta de que había estado corriendo mucho más tiempo del que pensaba. Rebusqué las llaves en mi riñonera para abrir la puerta mientras los latidos de mi corazón y mi respiración recuperaban su ritmo habitual. Sentía cómo los músculos de mis piernas quemaban y hasta temblaban por el esfuerzo al que los había sometido.

Dios, ¿en qué estaba pensando? Nunca fui buena en los deportes y todavía no había aprendido que debía respirar por la nariz al correr si no quería marearme y que me doliera el pecho cada vez que inhalaba aire.

—¿En serio vienes de correr?

La voz de Neisan sonó fuerte y firme e hizo que diera un pequeño brinco. Estaba saliendo de la cocina con un plato de comida en las manos.

—Me has asustado —dije sobresaltada—. ¿Qué haces aquí?

—Vine para saber qué era de tu vida —dramatizó. Se llevó un poco de comida a la boca y prosiguió—: Llegué hace veinte minutos y tu madre se ha ido hace... ¿diez minutos? Creo. Me dijo que habías salido a correr... ¡Hasley Weigel corriendo! ¡Eso lo tenía que ver!

Le eché una mirada asesina con los ojos entrecerrados.

—Pues sí, he salido a correr —afirmé, y caminé hasta el sillón para tomar asiento—. Y, por cierto, yo también me alegro mucho de verte...

Hacía algunos días que no veía a Neisan porque él había estado saliendo por ahí con sus padres y también con algunos de sus amigos, entre ellos Zev. En cambio, yo solo había hecho cosas con mi madre o con Harry, que me había invitado alguna que otra vez a comer.

—¿Qué tal te ha ido estos días? —le pregunté.

—No me quejo. —Se encogió de hombros y volvió a llevarse un poco de comida a la boca. Antes de hablar, tragó—. He salido a caminar con Duque, el perro de mi padre, y también hemos salido a comer en familia y he estado jugando algunas partidas de póker...

—¿Póker? —lo interrumpí frunciendo el entrecejo—. ¿Desde cuándo juegas al póker? ¿Nunca me lo habías dicho?

—Partidas online, a veces creo que juego con *bots* —murmuró—. Mágicamente gano todas las rondas y no sé qué demonios hago.

Me reí.

—Yo creo que tienes suerte, mucha suerte —lo animé.

—Tanta suerte que he de seguir aguantando los rapapolvos de mi padre por haberme cambiado de carrera y, además, aún no he conocido al amor de mi vida —ironizó—. Llegados a este punto, tengo que empezar a aceptar que soy un tipo que se quedará solo.

—El día que tengas tu título de arquitectura, lo primero que deberías hacer sería enseñárselo a tu padre y decirle: «¡Lo logré! ¿Quieres que sigamos discutiendo?».

—No es que discutamos —me corrigió—. Es que cree que cambiarme de carrera fue una mala idea.

—¿Y lo fue?

—No…

—¿Entonces? —lo reté.

Era verdad que, cuando me dijo que iba a cambiar de carrera («No quiero trabajar como ingeniero civil; no es lo que quiero hacer en mi vida», me había dicho), a mí me había parecido una locura porque creí que era una decisión demasiado apresurada e intenté cuestionar sus razones. Pero ahora estaba de acuerdo con él en que no deberíamos dedicarnos a algo que no nos gusta. A veces es difícil porque damos más importancia a la salida profesional de nuestros estudios que a nuestra vocación; sin embargo, había aprendido que ganar poco haciendo lo que me gusta era mil veces mejor que vivir frustrada toda la vida dedicándome a algo que odiaba.

—Voy a incluirlo en mi discurso de graduación —concluyó.

—Te gusta ser intenso a veces, ¿no?

—¿Acaso te estoy mintiendo?

—Cállate —le dije, y le di un empujón en el hombro.

Neisan volvió a llevarse otro poco de comida a la boca y se quedó mirando alrededor como si esa fuera la primera vez que estaba en mi casa. Me crucé de brazos. Él actuaba de esa manera cuando quería decir algo.

—¿Qué ocurre?

Se mordió el labio inferior y lo soltó:

—¿Has estado saliendo con Harry?

—¿Eh?

—Eso me han dicho… —vaciló.

Mamá.

—¿Sabes? —continuó—, me he dado cuenta de que los chicos a los que conoces siempre tienen algo que ver con el trabajo de tu madre…

Le dediqué una mirada recriminatoria. Aquel comentario me había incomodado un poco.

—Harry no es su paciente —recalqué.

—Lo sé —admitió, dejó sobre la mesita de en medio el plato y se aclaró la garganta—. Pero su hermana sí.

—Ajá.

Me puse de pie y caminé hasta la cocina para servirme un poco de zumo. Neisan me siguió y se apoyó en el marco de la puerta. Nos quedamos en silencio mientras yo bebía. Él me miró unos segundos y soltó un suspiro. Su actitud me decía que quería continuar hablando, pero que no sabía cómo hacerlo. Separé el vaso de mis labios y lo dejé sobre la encimera.

—¿Qué pasa?

—Su novio abusaba de ella, bueno…, su exnovio.

—¿Cómo sabes tú eso? —le pregunté. Estaba segura de que mi madre no le había revelado los motivos por los que la hermana de Harry acudía a su consulta.

—Leí su expediente —murmuró avergonzado—. ¡No fue mi intención! Tu madre lo tenía sobre la mesa, vi el nombre de Harry donde se pide la información sobre el tutor…

—No debiste hacerlo —lo interrumpí. No estaba enfadada, pero me parecía mal que no respetara el trabajo de mi madre—. Neisan…

—También leí el de Luke.

Este comentario me arrebató las palabras.

Yo jamás había leído el expediente de Luke, ni siquiera se me había ocurrido hacerlo, no quería saber más…

—¿Qué?

—Soy un chismoso y un metomentodo —murmuró por lo bajo—. También hablo demasiado… ¡Arrrgh!

Se dio la vuelta y desapareció. Me quedé perpleja unos segundos antes de reaccionar y seguirlo. Se sentó en el sofá y yo hice lo mismo.

Mi mirada seguía cada uno de sus movimientos, sentía la necesidad de saber qué había leído sin importarme que eso fuera algo inapropiado. ¡Era información sobre una paciente de mi madre! ¡Superprivado!

—¿Luke o la hermana de Harry? —me preguntó directo.

En ese momento mi mente se quedó en blanco. Quería saber de ambos, pero no tenía claro sobre cuál de los dos preguntarle primero. Bueno, la verdad era que sí lo tenía claro.

—Luke —solté.

—Bien, pero antes de contarte… —se detuvo y me tomó de las manos—, si quieres llorar, hazlo. Y no te olvides de que lo que te voy a decir es parte de su pasado, de lo que le sucedió antes de conocerte, ¿de acuerdo?

—¿Por qué lo dices? —murmuré. Me daba miedo oír lo que me iba a decir, pero quería saber. Qué obstinados somos los humanos, cuántas veces nos aferramos a algo, aun sabiendo que nos causará dolor.

—Comenzó a ser paciente de tu madre en 2014. La psicóloga de la escuela fue quien les dijo a sus padres que lo llevaran a terapia. Luke había empezado a drogarse, se llevaba fatal con su padre y creo que… —se interrumpió y se rascó la nariz— mantenía una relación con alguien. Tu madre cita algunas cosas que Luke le decía.

—Bella —susurré.

Me dolía, pero era un dolor que comenzaba a soportar.

—Sí. —Neisan asintió—. Comentaba que cuando se sentía mal por muchas cosas, iba a casa de Bella, buscaba refugio en ella, como un niño pequeño que trata de encontrar protección.

Me comenzaban a picar los ojos… Bella lo ayudó mucho. Ella lo ayudó, y yo quizá lo hundí. Luke confió demasiado en mí; eso era lo que más me dolía. ¿Así se sentía una cuando se comparaba con alguien?

—¿Leíste algo más? —pregunté, apretando sus manos entre las mías.

—Sí, pero es algo bastante fuerte…

—Dímelo.

—Hasley… —arrastró mi nombre.

—¿Es muy malo?

Neisan me miró y liberó una de sus manos para acariciarme la mejilla y colocarme un mechón detrás de la oreja.

—¿Sabías que Luke intentó suicidarse ese año? Nunca más lo volvió a intentar, por eso.

Mi mente colapsó.

No sabía qué sentir. ¿Quería llorar de nuevo? No. Luke me había dicho muchas veces que tenía ganas de desaparecer, pero siempre me había dejado claro que no lo decía en serio. «¿Cuántas cosas me ocultaste, Luke? ¿Por qué? ¿No confiabas suficientemente en mí?».

Me sentía enojada conmigo misma por no haberle dado lo suficiente, no lo hice sentir lo bastante seguro como para que hablara conmigo con sinceridad. La culpa me carcomía. Me habría gustado saber qué era lo que pensaba de mí, cómo se sentía conmigo… ¿Se lo habría dicho a mi madre? ¿Fue capaz de hablar sobre mí con ella?

Nunca me había imaginado que Luke habría llegado a ese extremo. Me costaba creer que había llegado a rendirse.

—No lo sabía —dije con tristeza.

—A veces hay personas que te brindan segundas oportunidades —musitó—. Eso fue lo que Luke le dijo a tu madre, según pone en el informe.

—¿A quién se refería?

Se mojó los labios y suspiró, cansado.

—A Bella. Y no sé nada más… Quise seguir leyendo el informe en otra ocasión, pero tu madre por poco me pilla.

Me quedé en silencio tratando de asimilar lo que acababa de escuchar. Aún tenía muchas preguntas que jamás obtendrían respuestas.

«Luke, ¿qué fue lo que pasó? ¿Por qué me ocultaste tantas cosas?», supliqué.

Quería llorar, pero también quería dormir. Estaba cansada de seguir día tras día con lo mismo. No hacía más que dar vueltas en círculos y, cuando creía avanzar, volvía al sitio de donde había partido.

Miré a Neisan, que estaba de espaldas jugueteando con una pequeña figura de cerámica.

—¿Qué hay sobre la hermana de Harry?

Se giró y me miró con una ceja arqueada.

—¿Sabías que son de Gran Bretaña?

No lo sabía a ciencia cierta, pero era algo que había podido intuir por su acento británico.

—Ahora tienes algo en común con ellos.

Neisan también era británico.

—¿Me debería sentir especial?

—¿Te gustaría sentirte así?

—Hum…, no lo creo.

—Entonces no hace falta.

—Genial —dijo, y añadió algo vacilante—: Se llama Ellen Heathcote. Ahora tiene diecinueve años, y ella no es de la familia…

—Espera —lo detuve—. Define el «no es de la familia».

—Eso decía el informe… La madre de Harry no es la madre de Ellen. Creo que es adoptada, pero no estoy seguro… ¿Por qué no se lo preguntas a Harry?

Le hice un gesto incrédulo.

—¡Qué gran idea! Cuando lo vea le diré: «Harry, mi mejor amigo leyó el expediente de tu hermana y tenemos una duda: ¿por qué vuestros apellidos no son iguales? ¿Es que tu hermana es adoptada?»

—No seas tonta, Hasley —se rio—. El caso es que no son hermanos de sangre… Ella sufrió abusos de su exnovio, le hizo hacer cosas que ella no quería, la usó y la manipuló… Ellen acabó dos veces en el hospital, y al final Harry intervino. Creo que están en un proceso legal.

Me sentí mal por esa chica. A pesar de no conocerla, sentí rabia por el estúpido que la hizo pasar por todos esos momentos traumáticos.

Nadie merecía estar en una relación así.

—Qué horror, no quiero imaginarme por lo que pasó y cómo debió de sentirse Harry —murmuré. Dejé caer mi espalda sobre el respaldo del sofá y me quedé con la mirada perdida—. ¿Crees que él está llevando el caso?

—Buena pregunta, debe de ser muy duro para él —dijo por lo bajo—, pero su hermana ha mejorado mucho.

—Definitivamente.

Neisan se mantuvo en silencio unos segundos y luego me preguntó:

—¿Cuánto tiempo llevas saliendo con Harry?

Lo miré.

—No estoy saliendo con él.

—¿Estás segura? ¿Habéis quedado a menudo? ¿Cuándo me lo ibas a contar?

—Hemos salido a comer solo dos o tres veces… Todo ha sido porque coincidimos por casualidad en un par de ocasiones… —le expliqué, recordando el encuentro en el cementerio y cuando apareció en casa porque había quedado con mi madre—. Y, bueno, a mí…, a mí me gusta pasar el rato con él.

—¿Solo eso?

—Neisan… —le advertí.

—Que sepas que me sentiría traicionado si me ocultaras algo.

Negué, riendo.

—No hay nada que contar, ¿de acuerdo?

Se encogió de hombros sin dejar de mirarme.

—Me hace feliz verte con alguien, a pesar de que no sea nada serio, lo digo de verdad.

No dije nada, bajé la vista a mi regazo, intentando ocultar la sonrisa de mi rostro. Lo escuché quejarse en voz baja.

—Creo que voy a irme —dijo.

—¿No habías venido a verme?

—Y ya te he visto… Mientras te esperaba, los chicos me han invitado a almorzar y les he dicho que sí. ¿Quieres que me quede? Puedo cancelar la cita.

—No, no. Vete y diviértete. Saluda a los chicos de mi parte.

Sus cejas se elevaron.

—¿Incluyendo…?

—Sí, incluyendo a Zev.

Al principio, se sorprendió, pero luego relajó su rostro de inmediato.

—Genial. Vendré esta noche, si es que no sales «por casualidad» con Harry —dijo en broma.

—¡Imbécil!

Solté una fuerte carcajada y él se unió a mis risas. Cuando se tranquilizó, se acercó a mí y depositó un beso en mi mejilla.

—Hasta luego, me mandas un mensaje si necesitas cualquier cosa.

—¡Necesito un exilio!

Carcajeó fuerte y me uní a sus risas. La puerta se abrió, pero no escuché que se cerrara. Estaba a punto de ir a ver qué había ocurrido cuando oí la voz ronca de Harry.

—Buenas tardes, ¿está Hasley?

Intenté levantarme rápidamente sin acordarme de que estaba sentada casi en el borde del sofá y acabé cayéndome al suelo, golpeándome el codo con la mesa de café.

—¡Hasley! —gritó Neisan.

—¡Estoy bien, estoy bien! —Levanté los brazos y me quejé en voz baja.

Mi amigo me ayudó a ponerme de pie y me intenté enderezar antes de que…

—¿Segura? —preguntó Harry detrás del sillón con una ceja arqueada.

Bien, ya me había visto.

—Sí, soy un poco torpe.

—¿Un poco? —dijo Neisan partiéndose de risa. Estaba avergonzándome, así que lo miré furiosa—. Bien, yo ya me iba. Nos vemos pronto.

Se despidió de nuevo y salió de casa.

Me sentí dominada por los nervios y la vergüenza, que comenzaban a traicionarme. Beck me miraba divertido, lo cual hacía que la situación me resultara mucho más incómoda.

—Pasaba por aquí cerca… —empezó a decir—. Quise avisarte antes, pero me encontraba a muy pocas calles y al final me acerqué sin decirte nada…

—Pues has tenido suerte porque hace poco que acabo de llegar.

—Le daré las gracias a Ellen por haberme retrasado un poco. —Sonrió—. Quería invitarte a desayunar pasado mañana con nosotros.

—¿Nosotros?

—Con mi hermana y conmigo —respondió. Rápidamente agregó—: Pero si no te apetece o te resulta incómodo, puedo entenderlo.

—A-ah, no, no… Por supuesto, me encantaría.

—Perfecto.

Una sonrisa iluminó su rostro, los cuatro hoyuelos aparecieron, dándole un aspecto de chico inocente.

Parpadeé varias veces, y de repente me di cuenta de que seguíamos de pie.

—Perdóname, siéntate, por favor. ¿Quieres tomar algo? ¿Zumo, agua, café? ¿Galletas, pan? Es lo que tenemos, creo.

Harry se echó a reír. Por lo visto, le hacía gracia mi actitud.

—Un poco de zumo estará bien.

—De acuerdo, ponte cómodo.

Me alejé de su lado y caminé hacia la cocina. Serví zumo en dos vasos y coloqué en un plato unas galletas. Antes de salir, pensé que lo de las galletas no era muy original… ¿Por qué no frutas troceadas o algunas frituras?

Oh, un momento…

Estaba sudada, no me había duchado.

Me quedé junto a la nevera y pensé que podía mostrarle una Hasley deportiva, a pesar de que estuviera muy lejos de serlo. Él podría creerme.

Basta.

Meneé la cabeza y preferí ir con las galletas y los dos vasos de zumo nuevamente a la sala. Harry esperaba pacientemente. Lo dejé todo sobre la mesita de en medio y entonces me di cuenta de que Neisan se había dejado el plato con comida.

—¿Cómo estás? —preguntó—. ¿Cómo estás… realmente?

—Pues estoy mejor —sonreí—, hoy he salido a correr y me ha sentado bien. Mientras corría, en lo único en lo que podía pensar era en cuándo dejaría de correr y acabaría con mi sufrimiento.

Él asintió.

—¿Sueles hacer ejercicio?

La pregunta me hizo reír.

—¿Acaso tengo aspecto de ser una persona deportista?

—No me gusta juzgar por las apariencias —admitió.

Asentí, divertida.

—Pues no, no suelo hacer demasiado ejercicio. Salí a correr porque quería despejarme un poco y olvidar pensamientos negativos.

—¿Como cuáles?

—Muchos… —musité.

—¿Quieres compartirlos?

La realidad era que quería preguntarle muchas cosas. Después de todo, Harry era un hombre maduro y, como siempre era sincero, sus palabras me ayudaban a pensar mejor. Quería saber qué pensaba él sobre la confianza en las parejas.

Pero ¿estaría bien sacar este tema?

—Hummm…, no lo sé.

—Bien, no insisto.

—O, bueno, tal vez sí… —dije, cambiando de opinión—. ¿Puedo hacerte una pregunta? Otra pregunta aparte de esta, claro.

Harry se quedó pensativo un instante y finalmente accedió.

—¿En qué te puedo ayudar?

—Si tú salieras con alguien… —me detuve. Quería encontrar el valor para continuar, amortiguaría el dolor. Lo haría bien—. ¿Crees que sería importante hablarle a tu pareja de tu pasado? Me refiero a hablarle de relaciones anteriores o de acontecimientos que pudieron ser importantes para ti.

Arrugó la nariz y suspiró.

—Depende, hay cosas que no se necesitan recordar. Quiero decir que en una relación solo importa lo que se está viviendo, se trata más de disfrutar el presente que de intentar recordar el pasado… Ya conoces el dicho de «lo que no fue en tu año no te hace daño». A veces es mejor no hablar del pasado.

Tenía sentido.

A Luke no le gustaba hablar mucho de su pasado, ni siquiera de su propio hermano. Tardó mucho tiempo en hablarme de él y en contarme algunas cosas de su vida. Necesitaba más tiempo, mucho más de lo que era habitual, para sincerarse.

—¿Por qué me lo preguntas?

Harry se arremangó y me miró, transmitiéndome tranquilidad.

—No, por nada… Bueno, sí, hay una razón, pero… —Me quedé en silencio unos segundos y mi vista se nubló—. Me he sentido muy presionada, y hoy me he enterado de algunas cosas sobre Luke y una relación que tuvo antes de conocerme a mí y… yo…

—Crees que te ocultó cosas —terminó la frase por mí—. No deberías sentirte así. Como te he dicho, es mejor no traer al presente acontecimientos que para uno fueron duros.

—Gracias —dije en voz baja.

—De nada… Estás en un momento del duelo en el que todo lo que descubras de él puede resultarte doloroso, pero no por eso debes dudar de la relación que tuvisteis. Créeme, todas las personas guardamos secretos que no nos gustaría revivir, y eso no es ningún delito.

Me quedé en silencio mirando al suelo pensativa, pero sentí que Harry acortaba la distancia entre nosotros. Solo fueron unos centímetros, pero me gustó. Ahora podía percibir su perfume, dulce y fuerte a la vez.

—Me gusta cómo hueles —señalé, sin detenerme a pensar en cómo se tomaría mi comentario. Fue en automático.

—Vainilla con café —susurró.

—¿Te gusta mucho el café?

—Me encanta el café, creo que no podría vivir sin él. Se volvió mi mejor amigo en mi etapa de universitario. Hoy trato de controlarme más y no beber tanto.

—Así que tenemos a un amante de la cafeína —me burlé.

—¿A ti te gusta?

—Acompaño a mamá a beberlo por las mañanas.

—¿Y cuál es tu café favorito?

Abrí la boca, pero me callé al momento.

No tenía ninguno por una sola razón.

—No sé mucho sobre café.

—Ah, entiendo…

—Sí, soy mala en eso… ¿Y cuál es tu color favorito? ¿Acaso es el mismo que tiene el café?

—No, el verde —admitió—. Es el color que representa la naturaleza. Así que los tonos verde y café son una buena combinación para mí. ¿Y tu color favorito?

—Azul, es el azul.

—¿El color de tus ojos? —dijo esbozando una media sonrisa.

Le sonreí.

—Sí.

Asintió.

—Buena elección, porque tienes unos ojos muy bonitos.

Me sonrojé. Esto estaba pasando más a menudo cada vez que nos veíamos. No me quejaba. Me resultaba raro, después de tanto tiempo sin que nadie me dijera cosas así…, pero la verdad era que me gustaba.

—Gracias —musité.

Harry suspiró de manera dramática para relajar el ambiente.

O a mí en concreto.

—También me gusta cómo hueles.

Yo lo miré divertida.

—¡Pero si ahora huelo a sudor! —le recordé dejándome caer en el sillón. Su brazo chocó con el mío.

—Lo sé —dijo riendo—, pero habitualmente tu aroma es muy fresco y puro.

—Aroma… —repetí, saboreando la palabra.

—Sí —afirmó él—. ¿Sabes?, nunca aceptes que te digan «Me gusta tu olor», porque lo tuyo no es olor, es aroma.

—Vaaale, pues a mí también me gusta tu aroma, Beck.

Lo miré de reojo y vi cómo su sonrisa se agrandaba.

—Me gustas, Hasley.

Apoyé mi cabeza en su hombro, sin poder controlar la revolución que había estallado dentro de mí. No tenía tiempo para ordenar mis pensamientos. Mi mente era un caos. Sin embargo, apoyada en él, en silencio, me sentía bien.

Me sentía en paz.

CAPÍTULO 13

Hacía mucho que no pasaba tiempo a solas.

Todavía recordaba esos días en los que Zev me dejaba colgada o las veces que tenía que regresar a casa a pie y acababa deambulando por el centro comercial de la ciudad, mirando cualquier cosa que llamara mi atención en los escaparates.

Sucedía en contadas ocasiones, pero me gustaba.

Cuando mi madre me avisaba de que llegaría tarde, salía a curiosear en las tiendas donde vendían cosas extravagantes y muy caras, tan caras que ni ahorrando las pagas de todo un año habría podido comprar algo. Pero bueno, de todas formas no recibía ningún tipo de paga, así que… También me gustaba mirar libros. Sobre todo los que tenían las portadas bonitas, que para mí eran los de tapa dura con tipografías doradas o plateadas en relieve o que parecían una enredadera con objetos. O esos poemarios con ilustraciones, algunas preciosas… Mis favoritas eran las de colores, pues parecía que tenían vida.

Cuando lo inimaginable sucedió y Luke se fue, mi vida dejó de contar con ilustraciones a color, y todo se tiñó de diferentes tonalidades de gris. Dejé de visitar las tiendas, de ir al cine, de caminar por la ciudad, de mirar los libros…

Y en Melbourne jamás me atreví a intentarlo. Solo muy de vez en cuando, y en compañía de Neisan, iba a comprar los materiales que necesitaba para hacer los proyectos de clase o los que necesitaba él; sin embargo, la mayoría de las veces prefería quedarme en casa.

«El estudio me consume demasiado tiempo», solía decir cuando me preguntaban por qué no salía. Honestamente, parecía creíble, aunque estaba muy lejos de ser verdad.

Ahora, después de tres años, me encontraba frente al escaparate de una de mis tiendas favoritas, situada en un centro comercial de la ciudad. Soplaba un viento helado y feroz que podía entumecerte las extremidades. No sé qué era más loco, si ese tiempo frío en esa época del año o que estuviera pensando en comprarme aquel prendedor dorado para el pelo que valía la mitad de mis ahorros de la universidad.

Dudé un segundo.

Pero al siguiente empujé la puerta.

Olía a narciso, tan opulento y frágil.

Me mordí los labios y con pasos lentos me acerqué a una de las vitrinas, observando el prendedor dorado. Nunca me había preocupado demasiado de mi pelo. Solía peinarme con la raya en medio y cepillar mi melena de la mitad a las puntas. En algún momento pensé en teñírmela de castaño claro, pero me dio miedo estropearme el pelo, así que mantuve mi color natural. Azabache.

El prendedor se curvaba y estaba adornado con cinco flores en cuyos centros se podía apreciar una pequeña piedra blanca y otras más diminutas que formaban los pétalos.

—Hola, ¿puedo ayudarte?

Me volví.

Era una chica con coleta y una sonrisa amplia. Parpadeé, devolviéndole el gesto. No quería hacerle perder el tiempo pidiéndole que me lo mostrara: además, tampoco sabía si acabaría usándolo…

«Probar cosas nuevas es parte de aprender a vivir», había leído en alguna parte, tal vez en alguno de los libros que Rose me recomendaba durante las sesiones.

Lancé un suspiro y, con todo el dolor de mi cartera, solo pude decir una sola cosa:

—Me llevaré este prendedor dorado con flores.

Al final del día, llevaba una bolsa de papel que contenía la compra más cara que había hecho en mi vida, en serio.

Mientras mis pies me guiaban a otro lugar dentro del centro comercial, en la pantalla del móvil apareció la notificación de que me había llegado un mensaje nuevo. Era mi madre preguntándome a qué hora llegaría a casa, solo por saberlo.

«Llegaré en cuarenta minutos», le respondí.

Ella me envió un pulgar arriba y me reí por lo bajo. Me gustaba que usara emoticonos. Al principio no sabía usarlos bien porque no conocía sus significados, y a veces mandaba unos por otros. Conmigo le ocurrió dos veces. De todas formas, nuestro chat solía estar lleno de corazones y caritas enternecidas.

Me guardé el móvil en el bolsillo del pantalón y me quedé de pie, en medio del enorme pasillo principal del centro comercial, mirando hacia delante, donde lo que vi me cogió desarmada.

Congelada. Escéptica. En pausa.

Las luces blancas y rojas iluminaban el fondo, las pantallas promocionan los nuevos estrenos y también los menús de palomitas y bebidas.

CINE VILLAGE

Todo era tan familiar, tan cercano y lejano a la vez. Los sueños del pasado regresaron de golpe al presente, escenas que habían ocurrido en un sitio similar a este se reprodujeron en mi cabeza como si fueran videoclips guardados en una memoria externa.

Los lugares que has compartido con alguien que ha sido importante en tu vida ya no los vuelves a ver ni a sentir de la misma manera cuando esa persona deja de estar a tu lado. Los vives de una forma diferente, como si faltara o sobrara algo en ellos, pero, eso sí, siempre como un recordatorio de lo que sentiste allí tiempo atrás. Me gustaba esa sensación. Los recuerdos me hacían sentir. Y sentir, tan solo sentir, estaba bien.

Me acerqué y miré las pantallas, fijándome en los horarios y en los títulos de los estrenos. Se me cruzó por la cabeza la loca idea de entrar a ver una película, pero solo de pensarlo se me puso el vello de punta y noté una opresión en el pecho. Mi alma se estaba partiendo en dos. ¿Qué hacía? ¿Entraba o huía?

«Me gusta trabajar aquí. Parece que odio hacerlo por mi cara cada vez que estoy detrás del mostrador, pero le he cogido cariño», me había confesado Luke cuando tuvimos nuestra primera cita formal.

Aún lo recuerdo.

A él no le gustaba llamarla «cita», pero es que no era otra cosa más que una cita. Yo llevaba esa noche un casi elegante vestido azul marino y él me hizo sonrojar más de una vez. Entramos en el cine más grande de la ciudad y estuvimos completamente solos en la sala, donde nos hicimos promesas que finalmente no pudimos cumplir…

Apreté los labios, me sentía tan triste…

Traté de vencer mi tristeza y me puse en la cola para comprar una entrada. ¿Sabía qué película iba a ver? No. ¿Conocía alguna de las películas que echaban en el cine? Sí. ¿Estaba segura de querer hacer lo que iba hacer? Completamente.

Cuando llegó mi turno, fui la primera en hablar sin darle tiempo al taquillero de darme siquiera las buenas tardes. Lo hice porque no quería arrepentirme y salir huyendo de allí como una cobarde.

—¿Me das una entrada? —le pedí.

Elevó las cejas, esperando que yo dijera algo más, claro.

—Buenas tardes. ¿Para qué película? —me preguntó el chico, muy simpático.

—Ah, para la que esté más próxima a proyectarse, no tengo preferencia por una en particular —expliqué—. Tampoco me importa dónde me des el asiento. Cualquiera al azar me parece bien.

Frunció el ceño ligeramente, pero no dijo nada, y esbozó una sonrisa sin despegar los labios. Lo habitual es que la gente vaya al cine en pareja, con amigos, con la familia, pero tampoco es tan raro que una persona vaya sola a ver una película.

El taquillero me dijo cuánto costaba la entrada, le di el dinero y él me dio el tíquet, deslizándolo por el mostrador hacia mí.

—Es un buen sitio. Espero que te guste la peli.

Le di las gracias y me aferré a la entrada que tenía en la mano. No compraría nada de comer, no me apetecía nada, solo… sería alguien normal disfrutando de una película en una sala de cine.

De un cine con mucha historia.

Una historia que tenía otras historias.

Y una de ellas me pertenecía.

Estar en los lugares que me recordaban a Luke era como ver el sol desaparecer dentro del mar.

Nostálgico, pero bonito.

CAPÍTULO 14

L a diferencia de temperatura entre Sídney y Melbourne era de apenas unos grados, pero siempre he sido muy friolera, así que, en cuanto soplaba un poco de aire fresco o llovía, siempre terminaba poniéndome un suéter.

Me puse las zapatillas y me coloqué bien el cuello de la blusa que sobresalía del jersey. Últimamente me gustaba combinar el púrpura con el blanco, eran dos de los colores que me daban un poco de tranquilidad.

Me detuve frente al espejo y me observé durante unos segundos. Nunca me maquillaba; no sabía hacerlo, en realidad. Alguna vez me había comprado productos de maquillaje, pero nunca los había usado. Di un paso, acercándome al tocador, y rebusqué en los cajones algún delineador y un brillo labial. La puerta de mi habitación se abrió y mamá apareció sonriente.

—No me habías dicho que ibas a salir —dijo, parándose a un lado.

—No lo vi necesario —contesté. Me volví para mirarla a los ojos y ella me analizó—. Solo voy a tomar un café, no tardaré mucho. ¿Necesitas algo?

—Tranquila. —Meneó la cabeza para restarle importancia, y entonces bajó la vista a la mano con la que sujetaba el delineador—. ¿Vas a maquillarte?

—Voy a intentarlo —dije haciendo una mueca.

—¿Te ayudo?

—Sí, porque, si lo hago yo, seguro que voy a fracasar —dije, soltando una pequeña risa.

Ella negó con la cabeza mientras yo le tendía el delineador para que lo cogiera.

—No parpadees —me regañó riendo mientras me pintaba la raya con mucho cuidado e iba limpiando y corrigiendo con un algodón.

—¡Es inevitable!

La compañía de mamá siempre me daba paz. La consideraba mi mejor amiga, nunca me juzgaba y siempre estaba para mí cuando la necesitaba.

Ella me había enseñado que debemos cuidar a las personas a las que amamos, pero que, cuando alguien no es digno de nuestro respeto, debemos sentirnos libres de alejarnos de esa persona por nuestro propio bien, sin importar que se trate de tíos, primos, hermanos e incluso padres. Jamás nos tendríamos que sentir obligados a amar a alguien que nos perjudicara solo por compartir genes.

Nuestra relación estaba basada en el respeto, en la sinceridad y en la reciprocidad. Aunque era verdad que, años atrás, yo no se lo había contado todo porque había preferido mantener muchas cosas bajo llave, y mi objetivo era no preocuparla más de lo necesario.

—Ya está —anunció, y se alejó un poco—. ¿Te gusta?

Me miré en el espejo y sonreí feliz por el resultado.

—Lo has hecho mucho mejor que yo —dije.

—¡Qué halago! —festejó.

—Gracias, ahora me pondré el brillo labial, es todo lo que voy a ponerme… ¿Llevo bien las cejas? —pregunté—. Sin mentir, ¿eh?

—Estás preciosa, y tus cejas están perfectas, no te preocupes tanto. De cualquier forma, tú eres muy guapa, nunca dudes de ello.

—Lo dices porque eres mi madre.

—Lo digo porque es la verdad.

—Vale, si tú lo dices…

Ella negó con la cabeza sonriendo y entonces escuchamos el timbre de la puerta. Me lanzó una mirada cómplice y yo cerré los ojos, suplicando que no hiciera lo que estaba pensando. Sin embargo, cuando los abrí de nuevo, ya no estaba a mi lado.

Bufé de mala gana y me miré por última vez en el espejo antes de salir de mi habitación con mis cosas para ir a la planta baja, donde mi madre ya estaba con Harry. Primero me miró ella y luego él, quien dibujó una sonrisa grande en su rostro, mostrándome sus blancos dientes.

—Hasley —saludó.

—Hola… Nos vemos más tarde, madre.

Lo último lo dije en un tono duro y a ella pareció divertirle.

—Llévate las llaves, te avisaré si salgo, ¿de acuerdo?

—Sí, estaré pendiente del móvil.

—No, no; no hace falta. Cuando estés de regreso, puedes echarle un vistazo a la pantalla por si te he mandado algún mensaje. Diviértete, cariño.

Reprimí una risa.

—Qué pase buen día, Bonnie —le dijo Harry.

—Igualmente —contestó ella.

Cuando salimos a la calle, vi que tenía el coche aparcado a un lado de la casa y pude divisar que había alguien dentro. Rápidamente confirmé que se trataba de Ellen. Me puse nerviosa. ¿Le caería bien? ¿Cómo se supone que debía iniciar una conversación con ella? Y lo más importante: ¿cómo podría fingir que no sabía por lo que había pasado?

—Te presentaré a Ellen, sé que le caerás muy bien —empezó a decir Harry.

Tragué saliva y sentí que me sudaban las manos. La puerta trasera se abrió y vi bajar a una chica alta, de cabello castaño claro y ojos verdes. Tenía las mejillas redondas y rojas.

—Hasley, te presento a mi hermana Ellen —dijo—. Ellen, ella es Hasley.

Me dedicó una sonrisa amplia, viva y alegre, como si de verdad le emocionara que su hermano nos estuviera presentando.

—¡Hola! —gritó—. Harry lleva hablándome de ti desde que os conocisteis en la universidad, en una de sus charlas. Eres mucho más guapa de lo que me había dicho.

—Vaaale, lo primero no era necesario —intervino él.

—Oh, lo siento… —se disculpó.

—Tranquila, sé que te emocionas. —Le sonrió con calma—. No hay ningún problema.

—Encantada de conocerte, Ellen —dije. Por un momento quise acercarme para abrazarla, pero me percaté de que ella guardaba la distancia y recordé que tenía que respetar algunas cosas. Su espacio era una de ellas—. Tú también eres muy guapa.

—Gracias —contestó sonriendo—. ¿Tienes una idea de adónde iremos?

Miré a Harry.

—No, ¿es sorpresa?

Él se mordió el labio inferior y alzó su vista al cielo, como si intentara descifrar algo.

—El tiempo está como para… tomar un café, ¿no?

—¿Qué?

—Dijiste que no sabías mucho sobre café y que no tenías un tipo de café favorito… Conozco un lugar donde puedes encontrar el ideal para ti. Así que vamos a por ello.

—Está bien.

Ellen le dio un codazo a su hermano.

—Quieres que todo el mundo sea adicto al café como tú —bromeó. Dio un paso hacia mí como si fuera a decirme un secreto, y dijo en voz alta—: Una semana más y querrá que te hagas fan de su famosa pasta.

—Chisss, eso no se dice —la reprendió Harry, siguiéndole la broma—. La pasta es mi as bajo la manga si el café no funciona…

Mis ojos fueron de uno al otro.

—¿Si no funciona qué?

Ella se encogió de hombros y se subió de nuevo al coche, sin esperar a que Harry le contestara.

—Bieeen —canturreó él, abriéndome la puerta del copiloto—, ¿preparada para descubrir tu café favorito?

—Lo estoy —afirmé.

Cerró mi puerta y después rodeó el coche para sentarse tras el volante.

No podía negarlo: estaba nerviosa y experimentaba un montón de sensaciones que me aturdían. Tenía muchas dudas sobre lo que me estaba pasando: conocer a gente nueva, salir a tomar algo, sonreír, algo que hacía mucho que no acostumbraba a hacer. Me sentía feliz, y eso me daba miedo, porque temía que todo eso se acabara.

Sabía que debía disfrutar del momento, pero no podía deshacerme de mis miedos, que amenazaban con estropearlo todo. Mis recuerdos de lo vivido con Luke iban y venían. Efímeros.

Coloqué las palmas de las manos sobre mi regazo con el objetivo de que no me sudaran y me hicieran pasar un mal rato, como siempre.

—Así que no te gusta el café… —dijo Ellen.

—Me gusta —la corregí—, pero no sé nada sobre café; no tengo ni idea de cuál es la diferencia entre un americano, un expreso…

—*Machiato*, *latte* —continuó Harry.

—Qué tortura —dramaticé.

—El sitio donde vamos es una cafetería sofisticada. Puedes escoger hasta cómo quieres el grano de tu café.

¿Qué? ¡Y yo qué sabía! ¡Si ni siquiera sabía cuál era el color real de los granos de café!

—Supongo que tampoco tienes un tostado favorito, ¿verdad? —prosiguió Ellen.

Yo la miré y luego miré a su hermano, confundida.

—¿Tostado? ¿A qué se refiere? ¿Al país de donde viene?

Harry se rio.

—Es el tipo de tueste del grano de café. Define su sabor, su aroma y, por supuesto, su color —explicó—. Hay varios tipos de tostado, pero los más habituales son tres.

—Por Dios… —murmuré.

Él se centró entonces en la conducción y Ellen se dedicó a poner música. Pero yo empecé a sentirme fatal; aquello iba a ser un suplicio. Si Harry me hubiese dicho que iríamos a esa cafetería tan especial, habría podido investigar un poco y no ir como una completa ignorante.

Solo pediría un tinto, pues era del único que tenía conocimiento.

Llegamos unos quince minutos más tarde. Era una cafetería enorme, donde el color café —claro, ¡cómo no!— predominaba, incluso en la fachada. Un letrero de luces amarillas y el logo del local, una taza con unos granos de café sueltos, te daban la bienvenida.

«El lugar donde nace el café», ese era su lema.

Dejamos el coche en el aparcamiento para clientes y bajamos. La ciudad era grande, por supuesto, así que no era extraño que yo nunca hubiera estado en esta cafetería. Tal vez fuera nueva, tal vez no.

—Miras el local como si fueras a entrar en un calabozo —me dijo Harry.

—¡Qué curioso! Justo así es como me siento —ironicé.

Él me sujetó de los hombros y me dio unas pequeñas palmadas, tratando de tranquilizarme.

—Relájate y disfruta. Pregúntame lo que quieras y yo con gusto te responderé. Estoy decidido a que regreses a casa sabiendo cuál es tu café favorito.

Lo miré de reojo con una sonrisa ladeada.

—Tengo que desechar la idea de pedir solo un tinto, ¿no?

—Definitivamente —dijo en un fingido tono de decepción—. A Ellen la ayudé a escoger su café favorito, y no hubo quejas, solo mucha información.

Su hermana alzó las cejas y asintió, verificando que lo que Harry acababa de decir era cierto.

—Vale, pues entonces estoy lista.

Nerviosa, pero entusiasmada a la vez, caminé al lado de Harry.

Todo esto era nuevo para mí. El olor… Mis fosas nasales se inundaron del fuerte aroma a café que dominaba en el local; todo allí se resumía a una sola palabra: intenso.

Había muchas máquinas de café, todo tipo de tazas, e incluso de copas, paquetes y sacos de café como parte de la decoración, cestas llenas de diferentes tipos de granos… Me sentía como si hubiese entrado en otro mundo, y me encantaba.

Harry fue el primero en hablar, pues parecía que mi cara mostraba una extraña mezcla entre la confusión y la sorpresa. Me iba señalando algunas cosas mientras yo intentaba comprender a mi ritmo. Ellen me reafirmaba alguna información, y desde luego no parecía que sus conocimientos sobre café fueran limitados, sino todo lo contrario.

Me presentó a un barista y a un maestro tostador, y en el proceso me fue explicando en qué consistía el trabajo de cada uno.

—Si quieres tomar un buen café, tienes que contar con un buen barista —comentó, moviéndose entre los pasillos de la cafetería—. Australia es uno de los principales países donde se trata el café desde su plantación hasta su debida y correcta elaboración en una cafetería.

—Hablar de café en Australia es un tema serio —dijo el barista que nos acompañaba. Era un hombre mayor, o igual no tanto, pero sí lo suficiente para saber de lo que hablaba—. Hace un año se celebró una convención en Melbourne a la que acudieron muchos exportadores de café y en la que se debatió, entre otras cosas, sobre los sabores exquisitos que se producen.

—Es gracioso —murmuró Ellen dirigiéndose a mí— que Harry presuma tanto del café de Australia siendo británico.

Aquello me confirmaba lo que Neisan me había comentado, así como mis sospechas de que era británico. Sentía curiosidad por saber cómo eran sus padres y cómo habían llegado hasta este continente.

—¿Tú también eres británica? —le pregunté a Ellen.

—Es una historia larga… —contestó, y antes de que yo dijera algo, agregó rápidamente—: ¿Ya sabes qué vas a pedir?

Bueno, sería en otra ocasión. Negué apenada con la cabeza.

Observé a Harry. Estaba hablando animadamente con el barista e intentaba incluirnos a su hermana y a mí en la conversación. Pero a mí no me molestaba en absoluto mantenerme al margen. Al contrario, me gustaba verlo disfrutar hablando de algo que le apasionaba. Ahora sentía que lo conocía un poco más.

Sus ojos se abrían y se cerraban, arrugaba el ceño, le aparecían los hoyuelos, movía las manos mientras hablaba y en algunos instantes se echaba el pelo para atrás.

Había olvidado qué bonito era ver a alguien hablar de las cosas que amaba. Siempre había creído que esos detalles nos volvían más humanos.

Así pasamos el día, conversando amenamente sobre café, que fue desde el principio de nuestro encuentro el tema principal y, entre detalles peculiares, conociendo más sobre el mundo de Ellen y Harry.

CAPÍTULO 15

Estaba dando vueltas en mi cama pensando si Neisan estaría libre para ir al cine. Mierda, ahora que me daba cuenta, no tenía muchos amigos y era porque yo misma me había encargado de alejar a todo el mundo de mí.

El sonido de mi móvil indicando una llamada hizo que borrara esos pensamientos. Estiré la mano hacia la mesita y lo cogí.

Neisan.

—Justamente estaba pensando en llamarte —dije sin tan siquiera saludarlo.

—Entonces te he ahorrado el esfuerzo, lo que es algo bueno para una persona perezosa como tú —se burló—. Llamaba para preguntarte si querías salir esta noche. Han organizado una fiesta en el Club Obsidiana.

Me quedé pensando si debía ir o no. Mi primer impulso fue decir que no, pero después recordé que debía comenzar a salir para conocer gente y hacer nuevos amigos.

—Sí, me gustaría. —Me encogí de hombros, a pesar de que él no me veía—. Pero no me dejes sola…

—Descuida, seré como un chicle. Pasaré a buscarte a las ocho. Hasta luego.

Y colgó. A mi mente vino el vago recuerdo de que Luke solía llamarme «chicle» porque me pasaba casi todo el día pegada a él.

«No me dejas respirar», solía quejarse, y yo le susurraba que era un pesado y le recriminaba que me dijera eso. Pero la verdad era que me trataba mejor que a las demás personas del instituto.

Sonreí.

Mi móvil volvió a sonar. Esta vez era un mensaje. Con pereza levanté el teléfono a la altura de mis ojos y, automáticamente, la sonrisa en mi rostro se agrandó.

Beck, H.
Este fin de semana iremos a la playa a desayunar. Espero que no me dejes plantado.
Lo último ha sido sarcasmo.

Sentí una extraña sensación recorrer mi vientre.

Hasley

Reí ante lo que había puesto y después me puse seria. Debía responderle de la misma forma en la que él me estaba hablando. Sin embargo, no sabía qué decirle. En mi mente se había desencadenado una tormenta de palabras y no podía encontrar las adecuadas.

Pero entonces pensé que Harry tan solo era unos años mayor que yo, y que podía quitarse durante unos minutos el traje de seriedad.

Beck, H.

¿Alguna vez has nadado con delfines?

Tras leer su pregunta, me miré la muñeca donde llevaba como pulsera el collar que Luke me había dado. Todo comenzaba a cobrar sentido, las cosas empezaban a encajar… Era como si estuviera viviendo todo lo que Luke y yo dijimos que haríamos juntos alguna vez.

Hasley
No, nunca.

Beck, H.
Después de desayunar iremos a nadar con delfines.
Mi hermana quiere ir y me pareció una buena idea invitarte.
Me fijé el otro día en tu pulsera, y creí que ya lo habías hecho.

Respiré hondo y sonreí a medias. Me agradaba la idea de que me incluyera en sus planes.

Hasley
Me siento afortunada, Beck.

Beck, H.
Lo eres.
Me gusta que me llames Beck.

De repente me ardían las mejillas. Este chico me hacía sonrojar cada vez más a menudo.

Hasley
Nos conocemos desde hace un mes y ya está coqueteando conmigo, señor Beck.
Tenga un poco de respeto.

Beck, H.
He soltado una gran carcajada.
Disculpe, pero es imposible no hacerlo. Usted es algo impredecible.
Hay algo que nunca te he preguntado: ¿cuáles son tus flores favoritas?

Era un encanto. Era un encanto. Era un encanto.

Hasley
☺
Me gusta esa forma en la que pasamos de tutearnos al usted,
  qué gracioso.
Mis flores favoritas son las gerberas.

Harry comenzaba a gustarme demasiado, y eso me hacía sentir mal por Luke. No quería olvidarlo ni sentir que mi relación con Harry servía para remplazarlo. Él estaría vivo en mi corazón. Siempre.

Beck, H.
Muy gracioso. Diversión al límite, lol.

Hasley
Hasta en mi habitación pude sentir el sarcasmo…

Beck, H.
Era broma ☺.
Te dejo, tengo un asunto que arreglar con un cliente.
Suerte en tu día, se te aprecia.

Me quedé leyendo el mensaje varias veces y sonreí a medias.

Hasley
Suerte para ti también.

Estaba dudando si responderle a su «Se te aprecia» cuando mi madre entró a mi habitación sin llamar a la puerta. Bloqueé el móvil y lo dejé sobre la cama.

—Me voy a jugar al ajedrez —dijo, alisando con la mano la parte de abajo de su vestido.

—¿Vas a salir?

—Voy a salir —afirmó. Se acercó a mi cama y se sentó a mi lado. Mantuvo su mirada sobre mí y esbozó una sonrisa—. ¿Por qué estás tan sonrojada?

Fruncí el ceño. ¿Lo estaba? Ni siquiera lo notaba. Quizá ahora sucediera sin que me diera cuenta, pero ¡qué barbaridad!

—Por nada.

Elevó una ceja, mostrándose incrédula.

—Estaba hablando con Harry.

Mi sonrisa se agrandó y ella me dedicó una llena de calidez. Al momento sentí una punzada de culpabilidad, pero logré ignorarla rápidamente.

—¿Ocurre algo? —inquirió, tomándome del mentón—. Mi vida, ¿por qué cambiaste esa bella sonrisa por una cara tan larga y triste?

—Me siento mal. —Tenía que decírselo, tenía que compartir mis sentimientos y mis dudas, la sensación de culpa que sentía constantemente—. Creo que me comienza a gustar Harry… pero me siento mal por Luke. Es como si lo estuviera remplazando, y lo peor de todo es que… cada vez que lo recuerdo me duele menos.

Mi madre apretó los labios y me acarició la mejilla.

—Amor, no tienes por qué sentirte así, no lo estás remplazando, él siempre estará aquí. —Tocó el lado izquierdo de mi pecho y sonrió—. Estoy segura de que lo único que querría Luke en estos momentos es que tú fueras muy feliz. Ya han pasado casi tres años, estás en tu derecho de rehacer tu vida, de continuar tu camino… Hija, las cosas pasan por algo.

Apreté los labios, intentando tragarme las ganas de llorar. No había un solo día en el que no llorara, se había convertido en una rutina. Ya no lo soportaba.

—Luke y Harry son tan diferentes —dije—. Parecen polos opuestos, y eso es algo que, de alguna manera…, me gusta.

Ella sonrió.

—Es verdad que son muy diferentes, porque han vivido circunstancias diferentes —indicó.

—¿No lo estoy traicionando?

—¿Traicionando? Para nada. Lo seguirás manteniendo en tu corazón, no lo vas a olvidar. Lo único que ocurre es que estás superando el dolor de su pérdida, y eso no es ningún pecado. Está bien ser feliz, Hasley.

—¿No crees que es demasiado pronto para que Harry esté despertando sentimientos en mí?

Mi madre me respondió con una risilla cómplice.

—El tiempo no define la intensidad con la que vas a querer a alguien, todos tenemos una manera diferente de hacerlo. No importa que ese sentimiento se despierte después de un año de conocer a una persona o después de un mes. Somos humanos, y no controlamos nuestros sentimientos. Ten en cuenta eso, acepta lo que sientes y decide si quieres arriesgarte o no. Nunca nadie dijo que se necesitara un determinado tiempo para poder querer a alguien.

Tragué saliva y cerré los ojos.

Tenía que hacer las cosas bien esta vez. Todavía recordaba que por no aclarar mis sentimientos empecé a salir con Matthew cuando ya empezaba a sentir algo por Luke.

Definitivamente, no quería equivocarme, no iba a permitir que eso ocurriera dos veces, porque, si yo hubiera aceptado que quería a Luke, nos habríamos evitado muchos disgustos. Pero, como bien dicen, los «si yo hubiera» evocan situaciones y hechos que no han existido. Lo importante era que había aprendido de mi pasado y sabía muy bien qué tenía que hacer ahora para no repetir los mismos errores.

—Amor, lo seguirás recordando —continuó diciendo mi madre—, pero sin que te duela. No te sientas mal por ello. Comienza a poner en marcha tu vida, sigue tu camino, tu historia… Eres muy joven, Hasley.

—Gracias —susurré—. Necesitaba saber si lo estaba haciendo mal.

—No, amor, no estás haciendo nada mal. Sé feliz. Siempre estaré aquí para ti. Nunca lo dudes.

Me abrazó y se tumbó conmigo en la cama.

—¿Debería… debería comentárselo a Rose?

—Puedes hacerlo si te sientes lista, ¿lo estás?

Lo pensé por un momento.

—Sí, pero… le dije que no quería hacer sesiones virtuales estas vacaciones… ¿Crees que responderá? La semana que viene es Nochebuena, no quiero interrumpir su…

—Inténtalo —interrumpió.

Asentí entre sus brazos. Nunca había tenido a Rose tan presente como ahora, todo lo que me había dicho alguna vez iba cobrando sentido y, honestamente, eso me daba paz.

Me mantuve en silencio mientras las palabras que todos me decían revoloteaban de un lado a otro en mi cabeza. Mamá también tenía razón sobre todas las cosas que comenzaban a suceder en mi vida. Tenía las opciones delante de mí; lo único que tenía que hacer era elegir para iniciar mi vida de nuevo.

CAPÍTULO 16

No podía creer que después de varios años sin ir a ninguna fiesta o club nocturno lo estuviera haciendo ahora.

Había estado a punto de llamar a Neisan para decirle que al final no iría con él al Club Obsidiana, pero la charla que tuve con mi madre me hizo darme cuenta de que no tenía nada de malo salir un rato a divertirme. Así que me atreví a coger mi valentía, que tenía guardada en el armario, y me deshice del miedo.

La música del lugar estaba muy fuerte. Había gente bailando y bebiendo. Yo caminaba al lado de Neisan, aferrándome a su brazo para no perderme entre el tumulto de personas. Comenzó a zigzaguear entre la multitud hasta que encontró a un grupo de chicos.

Una vez que llegamos junto a ellos, todos se volvieron a mirarnos. Neisan los saludó y, segundos después, varios pares de ojos se encontraban sobre mí. La presión me cohibió y tuve la sensación de que la discoteca se volvía más y más pequeña, casi como si se hubiera convertido en una lata en la que no cabían las sardinas.

—¡Hasley! —me saludó Dylan, acercándose para abrazarme—. ¡Qué alegría volver a verte! ¡Estás guapísima!

—Gracias, Dylan. Yo también me alegro de verte.

—¡Bien, entonces pidamos otra ronda para celebrar la aparición de Hasley Diane! —gritó Daniel, y alzó una botella.

Me reí complacida por el recibimiento de los chicos. Zev no estaba allí, pero estaba segura de que llegaría pronto, ya que era amigo de todos ellos.

Dylan y Daniel habían formado parte del equipo de rugby del instituto donde estudiábamos. Recordaba cuando acompañaba a Zev a los entrenamientos y los miraba desde las gradas. Lo pasaban fatal por la presión a la que los sometía su entrenador, que parecía que si no los veía suplicar piedad era porque creía que todavía podían esforzarse más.

Todos estábamos sentados en círculo y, cuando llegó la ronda de chupitos, me compadecí de mi garganta y de mi estómago: hacía demasiado tiempo que no bebía, quizá meses. No me gustaba beber porque, cuando lo hacía, me daba por hablar más de lo normal y terminaba llorando con alguna canción que me hiciera recordar episodios tristes de mi vida. Y no es que mi vida fuese perfecta en esos momentos.

—Hasley, haznos el honor —dijo Dylan.

Busqué con la mirada a Neisan, quien elevó los pulgares mostrándome su apoyo. Fingí una sonrisa y cogí el primer chupito. Bien, empezaría despacio, me dije, pero después del tercero ya estaba mareada. Todos bebimos demasiado, y yo no fui una excepción. Sentía el calor del alcohol por todo mi cuerpo y comencé a hablar de cómo me iba en la universidad, y entonces miré a Dylan y tuve la sensación de que me miraba con un brillo especial en los ojos, como si quisiera coquetear conmigo.

—¿Te ha gustado alguien durante este tiempo? —me preguntó. Estaba sentado a mi lado.

—No.

Me eché a reír.

—Te diré algo… —empezó, pero antes de continuar hablando, cogió un chupito y se lo bebió de golpe—. A Neisan le gustabas hace un tiempo, honestamente pensé que acabaríais saliendo, hacéis una bonita pareja. Me parecería genial que estuvierais juntos, y no solo porque sea mi amigo.

No entendía muy bien a qué venía esa charla. Fruncí el ceño y Dylan me miró. Tenía los labios muy rojos, quizá porque comía limón después beber cada chupito. Meneé la cabeza como si ello pudiera aliviar mi mareo y lo volví a mirar.

—Neisan y yo somos amigos —dije después de un momento de silencio—. Muy buenos amigos.

—De acuerdo. —Asintió. Iba a volver a hablar, pero el sonido de mi móvil lo interrumpió.

—Vuelvo en un momento. ¡Guárdame el sitio! —le grité poniéndome de pie. Apenas lo hice, la cabeza empezó a darme vueltas y creí que me iba a caer. Pero conseguí mantener el equilibrio y a tropezones me alejé del grupo de chicos—. ¿Sí?

Ni siquiera había mirado la pantalla para ver quién me llamaba.

—Hasley —me saludó la voz ronca de Harry. «Mierda»—. ¿Dónde estás? Se oye mucho ruido.

—He salido con Neisan. Estoy en el Club Obsidiana —murmuré; me apoyé en la barra y solté un suspiro.

—Entiendo. Es que he estado ocupado hasta ahora, y, bueno, te llamaba para charlar un rato porque pensé que estarías en tu casa, pero me alegro mucho de que hayas salido. Espero que te estés divirtiendo.

Su voz no sonaba enojada ni con sarcasmo, al parecer no le molestaba que hubiera salido. Sonreí a medias y negué con la cabeza.

—¿Por qué no vienes?

—Me lo pensaré. No puedo ir a una discoteca con traje… Te aviso si al final decido ir.

—Traje —repetí—. ¿Qué tiene de malo? Seguro que te queda muy bien, hombre de negocios.

¿Estaba coqueteando con Harry? ¿En serio lo estaba haciendo?

—Bueno, quizá no sea muy apropiado para ir a una discoteca.

Su melodiosa carcajada resonó en mi cabeza. Iba a colapsar si no me controlaba con mi intento de ligar.

—Ay, qué modesto, Beck. De acuerdo, espero que puedas venir.

—Y yo espero ir —admitió—. ¿Hasley?

—Dime.

—No bebas más, creo que ya has bebido suficiente.

Colgó.

Alejé el teléfono de mi oído y miré la pantalla con el ceño fruncido. ¿Tanto se notaba que había bebido? ¿O es que había sido muy directa coqueteando con él? ¿Acaso le había pedido sexo y no me acordaba?

Oh, Dios mío.

Volví a soltar una carcajada y puse los ojos en blanco. Me alejé de la barra para volver con los chicos, pero en ese momento Neisan venía hacia mí con una cerveza.

—¿Pasa algo? —preguntó preocupado.

—No, nada. Es que creo que estoy muy borracha.

—Lo he notado. ¿Quieres? —Me acercó la botella y la acepté—. Bien, eso es un sí, y no te preocupes por quién nos llevará, lo hará Richard. Es el único que no está bebiendo.

—Conductor asignado —carcajeé.

—Exacto —respondió, y se puso a mi lado—. ¿De qué hablabas con Dylan?

—Secretos, Collingwood, cosas que no te debería decir, así que evita sacarme información porque no pienso contarte nada, ¿vale?

—Vale. —Se rio alzando las manos—. ¿Te encuentras bien?

—Mmm…, asquerosamente borracha —admití—, pero por ahora me siento bien. Quiero olvidarme de todo solo por hoy. Olvidarme de que se acabarán las vacaciones, olvidarme de que tengo un serio dilema con mis sentimientos, olvidar que hay cosas diminutas que duelen.

Mis ojos se humedecieron y respiré hondo. Miré a Neisan, que mantenía un gesto serio. Llevó una mano a mi cabello y lo acarició. Me acerqué a su pecho y cerré los ojos durante unos segundos.

—Tranquila, siempre que quieras llorar, aquí estaré. Recuérdalo.

—No quiero llorar.

—¿No?

Me separé de él y me apoyé en la barra.

—No. Estoy cansada de llorar todos los días.

—¿Y qué vas a hacer?

—Ser feliz —contesté—. Es lo que quiero hacer, quiero olvidarme de toda mi mierda, quiero dejar de sentir que traiciono a Luke. Lo echo de menos, pero sé que no va a volver. Necesito continuar, quiero hacerlo.

—¿Esta vez te ayudarás para levantarte o para hundirte?

Bufé. El alcohol me hacía sentir enferma.

—Me ayudaré. Quiero celebrar Nochebuena y Año Nuevo, quiero retomar mis actividades como cuando estaba él, me gustaría querer a alguien sin sentirme culpable, quiero cumplir sus sueños y ser feliz porque él está en paz.

—Y eso está bien, Hasley.

—Neisan…

—Luke estaría orgulloso de ti —susurró a mi oído—. Vete a ser feliz, te lo mereces, no puedes quedarte llorándolo toda la vida, él tampoco lo habría querido.

—Ay, todo me da vueltas.

—Espera, no vayas a vomitar —suplicó.

Dejé caer mi cabeza sobre la barra y escuché a Neisan reír.

Me pregunté si en realidad quería beber más. La respuesta fue no.

No entendía cómo había aceptado beber chupitos sabiendo que no tolero bien el alcohol y que me emborracho muy rápido. Mi organismo no soporta demasiada cantidad de alcohol. Era la única del grupo que ya estaba borracha, ¡y lo había conseguido en tan solo dos horas y media!

Bueno, también tenía que admitir que era la que había bebido más chupitos.

—Dios… —musitó Neisan.

—¿Qué?

Levanté la cabeza y dirigí mi mirada hacia donde él lo hacía.

Zev nos estaba mirando a unos metros de distancia. Sentí que se me secaba la boca. Cerré los ojos unos segundos y los volví a abrir. Le sonreí, lo hice de verdad, no por compromiso.

Hacía mucho tiempo que había decidido dejar atrás el rencor. No ganaba nada alimentándolo; al contrario, solo conseguía hacerme daño a mí misma. Luke me enseñó a no odiar y a perdonar a las personas. Si él lo hizo con su padre, yo también podía hacerlo.

Zev se acercó a nosotros.

—¿Te encuentras bien? —me preguntó Neisan.

—Sí, tranquilo.

Se detuvo frente a mí y una sonrisa apareció en su rostro.

—Hasley —me saludó.

—Hola, Zev.

—Sí, yo también estoy encantado de verte, Zev —dijo Neisan con sarcasmo—. Gracias por el saludo, cretino.

Eso me hizo reír, y los dos se unieron a mí. La escena me recordó las veces que soltábamos carcajadas en la mesa de la cafetería donde solíamos comer en nuestro pequeño receso.

Eran buenos recuerdos.

—Perdona, pero es que a ti ya te había visto otros días —se excusó Zev—. No esperaba que vinieras con Hasley. Pensaba que estarías tú solo con los chicos.

—No me costó convencerla, pero has llegado tarde, cabrón.

—Has llegado tarde —reafirmé.

—Mi novia no me quería dejar ir —admitió.

¿Seguía con la misma chica?

—¿Controlado? —se burló Neisan.

—Un poco. —Se rio.

—¿Sigues con Alisson? —le pregunté a Zev.

Él parpadeó varias veces como si intentara comprender mi pregunta.

—Hablas demasiado, tío —le dijo a Neisan, que se encogió de hombros—. Sí, pronto hará tres años que estamos juntos. Estamos durando mucho; la verdad es que me gusta salir con ella.

—Me alegro por ti.

Mantuve la sonrisa, pero apreté los labios.

—Voy al baño. Vuelvo en menos de dos minutos —avisó Neisan, y se alejó.

Quería pedirle que se quedara, pero me regañé; no iba a estar siempre detrás de él. Había llegado el momento de que comenzara a usar otros mecanismos de defensa que no fueran huir o llorar.

—¿Cómo vas con los estudios? —me preguntó Zev mientras se sentaba en un taburete. Yo preferí seguir de pie, mirando al frente. No tener contacto visual con él me facilitaba la conversación.

—De maravilla. Me graduaré dentro de unos meses, he sacado buenas notas.

Se echó a reír y lo miré extrañada.

—¿Qué te hace tanta gracia?

—Antes eras superimpuntual y te conformabas con un aprobado para pasar las asignaturas.

—Las cosas cambian, Zev. Ahora estoy en la universidad. Necesito salir con el mejor promedio. Debo preocuparme por mi futuro, ¿no?

—Sí, me alegro mucho de que te vaya bien.

—¿Y a ti cómo te van las cosas?

—No me quejo.

—¿Para nada?

—Prefiero que las cosas sucedan.

—¿Sin esforzarte?

—Me esfuerzo si la situación lo requiere.

—¿Qué pasó con el rugby?

—Lo dejé, ya no me llenaba.

—Jamás lo hizo.

—Tienes razón. Por eso estoy haciendo lo que sí me llena.

—Eso está bien.

—Lo sé.

Nos quedamos en silencio. Vi que Neisan estaba hablando con Daniel y Dylan, claro. Menos de dos minutos.

Moví la cabeza al ritmo de la música y cerré los ojos. Estar bajo los efectos del alcohol me hacía disfrutar del ambiente. Las luces se proyectaban y supliqué para que el momento fuera eterno.

—*Debes soltarme.*

—*Lo haré. Te lo prometo.*

Abrí los ojos y sonreí. Era cierto que lo necesitaba, pero me necesitaba más a mí, y si quería mantenerlo vivo a través de nuestros recuerdos, sería con una sonrisa. Sin que doliera, para que yo pudiera disfrutar de mi vida.

Zev se puso de pie y dijo:

—Ojalá algún día puedas perdonarme por completo.

Se alejó de la barra, dejándome sola. Esta vez no me quedé callada.

—¡Zev! —lo llamé.

Él se volvió para mirarme.

Recordé que una vez le pregunté a Luke cómo podía perdonar a su padre cuando le hacía vivir un infierno. ¿Por qué lo seguía aguantando si no recibía nada a cambio? «Vivir con odio y rencor solo daña el corazón. Yo prefiero hacerlo con cigarrillos y estar en paz», me respondió.

—Ya lo hice, ya te he perdonado. Por eso espero que te vaya muy bien en todo lo que hagas. Lo digo de corazón, Zev.

CAPÍTULO 17

Qué se siente cuando uno está en paz?», le había preguntado a Rose en una ocasión. Fue en una de nuestras primeras sesiones, pero lo recordaba muy bien. Le conté por encima lo que había pasado con Luke y ella me dijo que para conseguir sentirme mejor debía experimentar primero paz interior.

—Todos los humanos somos diferentes, Hasley —empezó a decirme—. Percibimos la paz interior de distintas formas: en un sentimiento, en una imagen mental, en un paisaje o en no forzarnos demasiado. Llegará un momento, cuando estés floreciendo como un árbol y te sientas grande, viva y fortalecida, en el que estarás de pie, sentada o acostada y sentirás una tranquilidad inmensa dentro de ti. Pero eso lleva su tiempo, tendrás que regarte todos los días, nutrirte para crecer… Y entonces descubrirás lo que sientes estando en paz contigo misma.

—No sé si alguna vez podré sentirme así —contesté.

—No dudes que lo harás —me aseguró Rose—. Hay que darle tiempo al tiempo. Imagino que es algo que te habrán dicho muchas veces, pero es que es una gran verdad. El tiempo puede llegar a transformar el dolor en fortaleza y también puede sanar las heridas. No te rindas nunca, todo irá bien.

Descubrí que me aterrorizaba la idea de nadar con delfines cuando Luke me dijo que quería hacerlo. Había leído en internet que eran animales muy inteligentes y simpáticos, pero que también tenían su lado oscuro y podían llegar a ahogarte si se lo proponían. Tal vez fuera mentira, pero… ¿morir ahogada por un delfín? Eso me parecía aterrador.

Así que en ese momento me arrepentía de estar donde estaba: a punto de sumergirme en el agua para nadar entre delfines. Me planteé negarme a hacerlo. No me importaba tener que pedir disculpas a Harry por ni siquiera intentarlo.

Él se acercó al entrenador para hablar de nuestra inmersión con los delfines, y eso hizo que se me erizara la piel.

Estaba de pie mirándolo mientras me mordía el interior de la mejilla. Con lentitud ladeé la cabeza para poder observar mejor sus movimientos. Movía los brazos tratando de explicarle algo al hombre que tenía delante. No oía lo que le decía, pero en realidad no me importaba. No en ese momento. Una sonrisa se escapó de sus labios y automáticamente yo también sonreí. Llevó una mano hasta su cabello y negó con la cabeza manteniendo aún aquella sonrisa. Entonces alzó la vista y se tropezó con mi mirada, tan descarada. Rápidamente, mi sonrisa se desvaneció. Él arqueó una ceja a la vez que soltaba una risa coqueta. Me rasqué la barbilla, avergonzada por cómo lo había estado mirando; sin embargo, Harry parecía encantado. Le gustaba ver cómo me sonrojaba o me ponía nerviosa por su culpa.

«Tonta», pensé.

Me abracé a mí misma y me mordí el labio inferior. Me sentía tan estúpida por la conversación telefónica que habíamos tenido ayer. Ninguno de los dos habíamos dicho nada al respecto, pero yo me sentía avergonzada. Además, me dolía muchísimo la cabeza. Era como si alguien estuviera golpeándome el cráneo con un martillo… Realmente, había bebido demasiado. No sé cuánto bebí, pero desde luego debió de ser muchísimo, porque ahora lo único que me apetecía era tumbarme en la cama y dormir un día entero.

Alcé la vista y vi que Harry venía hacia mí con pasos vagos y algo serio. No dijo nada, solo abrió los brazos y me abrazó, atrayéndome a su pecho. Cerré los ojos y solté todo el aire que había contenido desde que vi cómo empezaba a acercarse.

Ambos nos quedamos en silencio, sin decir nada, de pie, rodeados de un gran alboroto de gente. Sentía cómo su respiración hacía revolotear mi pelo. Comenzó a moverse de un lado a otro e hizo que soltara una pequeña risa. Su mano tocó mi barbilla para alzar mi rostro, y sus ojos miel conectaron con los míos al instante.

—Cuando quieras, puedes lanzarte al agua —dijo. Su voz había sonado tan cálida y ronca. Era suave y firme al mismo tiempo—. Solo tienes que cambiarte.

Me quedé observando sus ojos varios segundos sin responder a su indicación. Deleitándome con su cercanía y las posibilidades de que él se siguiera aferrando a mi cuerpo, rodeándome con sus brazos.

—¿Tú te bañarás conmigo? —dije.

Harry entrecerró los ojos y no dijo nada. No sabía qué ocurría en ese momento, pero por cómo me abrazaba y me miraba podía jurar que era capaz de desnudar mis propios pensamientos.

—¿Segura? —preguntó.

—¿Pensabas dejarme sola?

—No. Ellen también va a bañarse con los delfines —me recordó.

—Sí, mira…, es que yo, yo no confío mucho en los delfines. He visto muchos vídeos sobre ellos y… ¿Sabes que pueden hundirte con la intención de matarte? ¿Y si alguno de estos delfines lo intenta conmigo?

Él soltó una fuerte carcajada.

—Nadie matará a nadie. Además, los cetáceos que suelen hundir a los humanos son las orcas.

—Ah…, las orcas.

—De acuerdo, me bañaré con vosotras.

—Gracias —suspiré.

Se separó de mí y elevó su mano, estrechándomela hasta la altura de mi pecho, sin abandonar el contacto visual.

—Vamos.

Esbocé una sonrisa diminuta, la comisura de mis labios apenas se curvó. Acepté su mano con gusto y nos dirigimos a los vestidores para cambiarnos. Una vez allí, entramos.

Su hermana ya estaba lista. Los nervios comenzaron a invadirme. No sabía nadar. Mi madre y yo habíamos ido muy pocas veces a la playa, y eso que siempre habíamos vivido en un lugar donde ir a nadar era una rutina para muchos.

Empecé a cambiarme rápidamente y agradecí al cielo que no me hubiera venido la regla, porque en el fondo estaba emocionada y no habría querido perderme esa experiencia por nada del mundo.

Guardé todas mis cosas y salí para encontrarme con Harry y Ellen, que estaban esperándome fuera.

—¡Será divertido! —exclamó la chica entusiasmada.

—Lo será —afirmó él. Su mirada se dirigió a la parte interna de mi brazo y me fijé en cómo sus cejas se juntaron—. Tienes un tatuaje. ¿Qué es?

Lo elevé un poco para que pudiera verlo mejor. Ellen dio unos pasos hacia mí para observarlo de cerca. No solía ponerme camisetas de tirantes, siempre había preferido las mangas de tres cuartos, y no era porque no me gustara el tatuaje, al contrario, era algo de lo que jamás me arrepentiría, aunque prefería mantenerlo oculto porque, después de todo, era de Luke y mío.

—Es un punto y coma, pero la coma está representada por una pluma de ave —expliqué—, y el fondo es una capa de los colores del arcoíris. Representa una parte muy importante de mi vida.

Harry asintió, comprendiendo mis últimas palabras.

—Es muy bonito —dijo Ellen—. Yo quiero hacerme uno. Quiero que me dibujen una jaula con algunos pájaros saliendo, porque me siento como uno de ellos. Libre.

Todavía ninguno de los dos me había contado nada sobre el pasado de Ellen, y obviamente mi madre tampoco, pero yo sabía muy bien por qué decía eso. La miré enternecida. Me alegraba de que por fin pudiera volar, de que ya no se sintiera encerrada en una relación tóxica, una que la consumió demasiado y la llevó a tener que hacer sesiones psicológicas.

Ellen era libre y así debía ser siempre.

—Tienes unas hermosas alas para volar —le dije, sonriendo.

—Todas tenemos un par de ellas, Hasley —señaló—. Solo hay que aprender a volar y jamás dejar de hacerlo.

Asentí. Y podrá sonar ridículo, pero sus palabras me dejaron con un nudo en la garganta. Los pájaros aprenden a volar muy pronto, pero ¿qué pasa cuando alguno tiene miedo de abrir las alas y saltar al vacío?

Necesitan un empujón.

—Pequeñas aves, justo ahora hay que nadar con un delfín —nos recordó Harry—. Hay que sacudir esas alas.

—¡Vamos, vamos! —gritó Ellen, echando a correr delante de nosotros.

Intranquila, me puse al lado de Harry, quien me agarró de la mano para darme la seguridad que no tenía. Me mantuve aferrada a él todo el tiempo hasta que nos metimos en el agua.

—Se llama *Flipper*. Es muy juguetón y le gusta mucho reír —nos explicó el entrenador—. Es inofensivo, no tengáis miedo.

Miré al delfín y me dije a mí misma que no debía ser tan cobarde como acostumbraba. El entrenador nos miraba divertido. Pensé que nosotros, más que el delfín, éramos quienes estábamos dando un espectáculo.

Me reí y cerré los ojos durante unos segundos para después volver a abrirlos y acercar mi mano al animal. Automáticamente una sonrisa de satisfacción se formó en mi rostro y me sentí genial.

—Bien, ahora vas a nadar con él —dijo Harry alejándose de mí. Abrí los ojos y lo miré asustada—. No lo aprietes porque te puede morder.

—¡¿Qué?! —grité.

Él soltó una carcajada estrepitosa.

—Es broma. —Me acarició la mejilla—. Solo disfruta, Hasley, hazlo. Esta es tu oportunidad, y tengo la certeza de que la experiencia te va a encantar. Vamos.

—Confío en ti, Beckinsale. —Me reí—. Estoy muy emocionada, pero nerviosa.

—Bien. —Alzó los pulgares—. Vete a por todas.

Al principio me sentía muy incómoda y nerviosa, como si estuviera fuera de sintonía, pero Harry y Ellen comenzaron a hacer bromas y los tres acabamos riéndonos a carcajadas. Ella decía que mi risa era contagiosa y yo pensaba que la que de verdad era contagiosa era la suya.

Me sentía feliz. Fue alucinante, ni siquiera sabía cómo describirlo. Las nuevas experiencias siempre te proporcionan sorpresas. ¡Estaba nadando con un delfín y me sentía tan bien!

Disfruté cada segundo. No dejé que ningún recuerdo se apoderara de mí. Quería sentirme muy bien, y lo estaba logrando. No iba a permitir estropearme el día. No iba a dejar que la nostalgia o la tristeza me dañaran de nuevo.

Cuando acabé de bañarme con *Flipper*, estaba agotada, así que me senté en el borde de la piscina mientras Harry y Ellen seguían con el delfín y el entrenador.

Me quedé mirando la escena. Sabía que si Luke hubiese estado allí, como alguna vez soñó, se habría fumado un porro antes de venir. La experiencia le habría gustado tanto como a mí. Estaba segura. Si algún día lo volvía a ver, podría decirle que los delfines eran unos seres maravillosos.

La mirada de color miel de Harry se tropezó con la mía. Me guiñó un ojo para después regalarme una sonrisa de oreja a oreja y permitirme ver sus hoyuelos.

Entonces, en ese momento me di cuenta de algo.

Después de tanto tiempo, recordar a Luke ya no me dolía.

CAPÍTULO 18

Dentro de tres días sería Nochebuena, y en lugar de estar debatiendo con mi madre lo que prepararíamos para cenar, me encontraba un poco lejos de casa.

—¿No te gusta la cerveza? —preguntó André riendo.

—No —dije balanceando una pierna—. Pero como supongo que es lo único que hay, puedo soportarlo por esta noche.

—Dios, qué especial me has salido.

—Exigente, me gusta decir a mí.

—¿Y así le gustabas a Luke?

Mi boca se abrió indignada y lo empujé por el hombro.

—Me ofendes.

—Luke también lo hacía.

—Pero él lo hacía con amor —contesté, aunque algo insegura.

Una carcajada salió de su garganta y yo también reí.

—Definitivamente, tienes razón —dijo André.

Me quedé en silencio, observando el oscuro cielo, y bebí un poco de cerveza.

No sé cómo había llegado a las afueras de la ciudad con André. Había ido a su casa para saludarlo y él me había invitado a tomar algo y yo había accedido. Ahora estábamos sentados en la parte trasera de su coche, habíamos estado bebiendo cervezas y nos habíamos comido dos bolsas de patatas fritas.

Sujetaba un cigarrillo con la mano derecha y con la izquierda la pequeña botella de cerveza. Me mordí los labios y recordé el día en el que probé por primera vez un cigarrillo. Había sido con Luke en el boulevard y no me había gustado en absoluto. Al principio, me puse nerviosa, pero luego me tranquilicé. Estaba con Luke, así que no tenía que fingir si no me gustaba fumar.

Esbocé una sonrisa ante ese recuerdo.

Me hacía sentir bien el hecho de que no me doliera recordarlo y que de hecho disfrutara teniéndolo en la mente. Eso es lo que siempre había querido: que su recuerdo estuviera presente sin que me doliera o me hiciera llorar a cada momento.

—Luke estaría orgulloso de ti —murmuró André, haciendo que alzara la vista hasta sus ojos oscuros, que me miraban. Estaba sonriendo—. Le gustaría ver que estás continuando con tu vida, y que lo estás haciendo con una sonrisa en los labios.

—¿Tú crees?

—No lo creo. Lo sé.

—A mí también me habría gustado que él pudiera continuar si hubiera sido yo quien hubiera muerto. ¿Sabes?, era de ese tipo de personas a las que no les gusta demostrar lo que sienten, pero, cuando lo hacía, era grandioso.

—Así era Luke. —Se rio—. Esté donde esté, puedes tener la seguridad de que es feliz si tú también lo eres. Habría matado monstruos por ti y por verte sonreír.

Me mantuve en silencio y desvié la mirada hacia el cielo de nuevo. No había muchas estrellas. Solo unas cuantas y la luna, que se asomaba entre las nubes que la cubrían. Me mordí los labios antes de lanzar un suspiro y mirar a de nuevo a André.

—¿Crees que puede oírnos?

—Quiero creer que sí —susurró mirándome—. Quiero creer que sí.

Bebí de mi cerveza y lo miré mientras le daba una calada a su cigarrillo.

—André —empecé a decir, tal vez fuera una equivocación, pero tenía que preguntárselo—, ¿tú sabías que Luke intentó suicidarse?

Él me miró con el semblante serio. Sabía que no estaba bien lanzar la pregunta así, como si nada, pero quería escuchar la historia por parte de alguien que había estado muy cerca de Luke, y André había sido su mejor amigo y tenía la certeza de que sabía lo que había pasado. Después de todo, Bella también era su mejor amiga.

Su rostro cambió. Frunció ligeramente el ceño y se puso de pie dándole una calada a su cigarrillo, que luego tiró al suelo y aplastó con su zapato. Bebió lo último de su cerveza y me miró.

—Sí, pero es un tema del que no me gusta hablar. Además, creo que, si él no te lo contó, yo no debería hacerlo, aunque él ya no esté.

—Solo quiero saber qué pasó —insistí—. Me interesa, no entiendo por qué no me lo dijo, teníamos confianza, se supo…

—Fue una etapa dolorosa para Luke —me interrumpió—. ¿Crees que para él era fácil hablar de ello? Hasley, no te quiso ocultar nada, solamente evitó que…

—¿Que supiera todas las cosas que hacía? ¿Que había tenido problemas graves con las drogas? ¿Que Bella impidió que se suicidara? ¿Que la quería tanto que la dejó para no ser un estorbo para ella?

Arrugó el entrecejo aún más y elevó las cejas mostrando su sorpresa. Me maldije mentalmente y cerré los ojos durante unos segundos.

—¿Cómo lo sabes? Nadie sabía eso, solo… —dejó la frase incompleta un momento y enarcó una ceja—. ¿Tu madre te lo dijo?

—No. —Negué varias veces moviendo la cabeza, no era así, pero tampoco pensaba decirle lo que había hecho Neisan, así que mentí—. Leí su expediente.

André soltó una risa irónica y se dejó caer de espaldas hacia la parte trasera de su coche.

—Dios —masculló.

—¿Qué?

—Eso está muy mal —gruñó—. Deberías respetar la privacidad de Luke, y también el trabajo de tu madre.

—Solo quería saber… —murmuré sintiéndome fatal.

Él se levantó y me lanzó una mirada seria.

—Hasley, si Luke no te quiso explicar lo de su intento de suicidio fue porque no te quería involucrar en su pasado, y supongo que tampoco querría revivir ese momento que le afectó tanto, ya tenía suficiente con soportar los abusos de su padre. Imagino que no querría sentirse aún más hundido. A Luke solo le importaba el presente, solo eso, vuestro presente, el de ambos. ¿Crees que no le afectaba volver a la misma mierda que lo atormentaba? —Tomó aire y se masajeó con dos dedos el tabique de la nariz—. Se suponía que la noche en la cascada te lo iba a contar todo: que te hablaría de su hermano, de sus padres, de Bella y de todo lo que ocurría. Me lo dijo.

Los ojos de André se cristalizaron. Le estaba doliendo contarme todo eso, y a mí escucharlo.

—¿Qué te dijo?

—Todo. —Tomó otra botella de cerveza y la abrió para dar un sorbo—. Me explicó cuándo te conoció, me contó los problemas con sus padres, lo de Zev, cuando te llevó al boulevard, el día que gastó su dinero para llevarte a la tienda de discos, lo que ocurrió con Matthew y… mierda —maldijo por lo bajo—. ¿Quieres saberlo todo?

Me quedé perpleja ante su pregunta. Sentía las puntas de los dedos de mis manos heladas. No sé si era porque había tomado cuatro cervezas, pero estaba mareada.

—Sí.

¿Esto dolería? Tal vez, pero intuía que me iba a permitir cerrar la herida definitivamente.

—Debes prometerme una cosa, por él —indicó, y automáticamente asentí—. Debes tener en cuenta que esto ya es pasado, ya no importa, Hasley, tienes que seguir tu camino. Después de esto, prométeme que dejarás descansar en paz la memoria de Luke, que ya no buscarás más respuestas.

Respiré hondo y asentí.

—Está bien, lo prometo, lo haré.

André sonrió de lado y cogió su cerveza para beber.

—Luke se intentó suicidar cuando se cumplieron tres años de la muerte de Zach, pero Bella se lo impidió. Lo conocía bien, y no dejó que lo hiciera. Llegamos a tiempo y lo llevamos al hospital. Tres meses después, rompieron… Él se sentía mal, no podía seguir así con Bella. Y, a principios de ese mismo año, Zev y Luke se conocieron a través de Jane.

—¿Zev conocía a Bella? —pregunté.

—Sí. La verdadera razón por la que Luke y Zev no se llevaban bien fue porque Jane engañó a Zev, y Luke no le dijo nada, siempre le daba largas y le decía que era mejor que fueran a otro lado. Durante mucho tiempo encubrió a Jane, ellos no tenían una relación seria, pero todo se descubrió y digamos que Luke no actuó como debía.

—¿Por qué lo dices?

—Luke prefirió encubrir a Jane porque era su prima. Aunque creo que también lo hizo porque sabía que Jane, tal como ella le había dicho a Zev, no quería nada serio. Supongo que Zev creyó que, con el tiempo, ella cambiaría de opinión, pero no fue así y, al final, se enteró de que Jane salía con otros chicos y hubo un pequeño drama en el que Luke también se vio implicado.

—Pero no eran nada. Desde el principio quedó claro que esa relación no tenía futuro.

—Algunos se aferran a sus ideas, lo que ocasionó que Luke se burlara de la posición de Zev, y supo que eso estaba muy mal cuando empezaste con Matthew… ¿Sabes a lo que me refiero?, vosotros no teníais nada serio…

—Se sintió engañado como Zev, ¿no? —comprendí.

—Sí —suspiró él—, y se arrepintió de haberle dicho lo que le dijo aquella noche que fuimos a tu casa.

—Lo recuerdo —murmuré.

Fue justo cuando nos habíamos peleado en la biblioteca porque yo no quería que estuviera cerca de mí después de besarme, es decir, ambos sabíamos que yo estaba con Matthew y lo que teníamos era algo que no estábamos haciendo bien. Aquella noche fue a mi casa con Jane y André para disculparse. Enseguida me di cuenta de que se había fumado algún porro porque estaba nervioso y empezó a halagar mis dedos. En su momento, me resultó tierno, pero ahora recordar esa escena me entristecía. Odiaba que fumara porros.

—Matthew lo llamó para… —se detuvo y tomó una gran bocanada de aire— decirle que ya había visto la foto de Luke y Hasley besándose, la que ocasionó todos los problemas… En realidad, por eso fue a tu casa.

Mi mente se colapsó en ese momento. En mi cabeza tenía un complicado rompecabezas. Noté que se me aceleraba el corazón y me palpitaban las sienes. Luke conocía la existencia de la foto que hizo que Matthew me gritara delante de todo el instituto, pero… lo que me dejó perpleja y llena de rabia fue saber que Matthew, en lugar de llamarme y hablarlo conmigo, prefiriese gritarme delante de todos.

—Para hablarme… de la foto —susurré.

Pero no lo hizo.

—Sí, alguien le había dicho que existía esa foto, y también sabía que Matthew te iba a pedir que fueras su novia en ese partido.

—André, no entiendo —negué confundida, frunciendo el ceño.

—La noche que fue a la fiesta y te dio su sudadera fue porque alguien le dijo que tú ibas a estar allí. Fue porque no quería que te liaras con el pelirrojo. ¿Y recuerdas la vez que te dio su trabajo de Historia? No le importó hacerlo porque sabía que había alguien que podía ayudarlo a recuperar la nota. Contaba con una persona que lo ayudaba, alguien que era su amigo y que hasta ahora sigue siendo el tuyo…

Mis labios se entreabrieron sintiendo que se me helaba la respiración. Todo comenzaba a tener sentido.

«Venga, Zev. Sabes que ese chico no es tan malo», había susurrado él, con la intención de que yo no llegara a escucharlo, pero lo hice.

Mi visión se volvió borrosa debido a las lágrimas que estaba tratando de retener. No quería aceptar lo que por fin entendía que había pasado. No podía ser posible…

«Tengo mis razones para defender a Luke».

Había una persona que jamás juzgó a Luke cuando comencé a salir con él. La única persona, aparte de Zev, que conocía todos mis movimientos y que incluso me animó a que volviera a hablar con Luke después de que discutiéramos. Se trataba de alguien que pasaba desapercibido.

Todo tenía sentido. Gracias a él, Luke siempre sabía dónde estaba yo. Tenía la intuición de que él y Luke se conocían, pero nunca imaginé que fueran tan amigos.

Miré a André, que me dedicó una sonrisa sin despegar los labios. Me observaba con curiosidad, sin decir nada. Enarcó una ceja, indicándome que estaba esperando mi respuesta.

—Neisan.

—Ahora lo sabes.

—Por Dios —murmuré.

No podía creerlo. ¿Neisan era amigo de Luke? ¿Desde cuándo? ¿Zev conocía su amistad o no sabía nada, al igual que yo?

—Algunas personas son buenas ocultando cosas.

Sonrió. Su sonrisa era alegre, como si el solo hecho de recordar a Luke lo hiciera revivir aquellos momentos.

—Odiaba ser cursi. Joder, no le gustaba nada, pero sé que disfrutó estando contigo. Para él, estar enamorado era algo muy serio. Siempre se quejaba de lo débil que se sentía cuando estaba frente a la persona a la que quería.

—¿Eso es bueno o malo?

—Hasley, él estaba encantado de estar enamorado de ti. ¿Se arrepintió? Lo dudo.

—A veces pienso que no lo merecía —admití.

André se encogió de hombros.

—No lo sé, Hasley, pero sí sé una cosa.

—¿Qué? —Dio una calada al cigarrillo y soltó el humo lentamente.

—Lo hiciste feliz y le diste un poco de paz, y te estoy agradecido por ello. —Sonrió—. Ahora ya está descansando.

CAPÍTULO 19

M e sentía como un objeto más en la sala. Estaba mirando cómo mi madre y su amiga Amy jugaban al ajedrez. Yo jamás había entendido las reglas de este juego y, por supuesto, tampoco me había molestado en intentar hacerlo. Sin embargo, ellas dos se encontraban completamente sumergidas en la partida, observando cada movimiento que hacía la otra.

Mañana, sí, mañana sería la gran cena y parecía que a nadie le importaba. No me sorprendía, todos preferían pasar Nochebuena y Navidad en la playa, algunos tomándose fotos con Papá Noel en bañador y otros bronceándose con gorritos navideños.

Resoplé aburrida y fui a la cocina a buscar un paquete de galletas para después regresar a la sala y tomar asiento en el sillón pequeño. Mi móvil vibró. Estiré la mano hacia la mesita de en medio para poder cogerlo. Era un mensaje de Harry preguntando si estaba libre en esos momentos.

Miré por encima de la pantalla a las dos mujeres. Estaba segura de que cuando acabaran esa partida volverían a jugar otra. Me llevé una galleta a la boca y le respondí que sí.

Beck, H.
Llegaré a tu casa en media hora.

Fruncí el ceño y dejé de masticar. ¿Media hora? Estaba hecha un desastre. Me había despertado a las doce del mediodía, pero no me había levantado de la cama hasta que Amy había llegado.

Maldita sea.

Rápidamente me puse de pie y dejé las galletas encima de la mesita. Me limpié la boca con el dorso de la mano y subí a mi habitación para coger la toalla e ir al baño.

Me duché tan rápido que terminé arañándome el cuello. Busqué en mi armario un pantalón, pero pensé que quizá no fuera una buena opción porque hacía calor. Resoplé agotada y busqué un vestido informal o una falda. Estaba indecisa, no tenía idea de adónde íbamos a ir. Me quedé de pie pensando impaciente.

Me arriesgaría.

Volví a coger el vaquero azul holgado y una blusa blanca y comencé a vestirme sin querer mirar el reloj. Estaba segura de que aún no había pasado media hora. Fui al lavabo para cepillarme los dientes y me miré al espejo. Tenía unas enormes ojeras. ¿Por qué, si había dormido hasta muy tarde?

Guardé mis cosas en el bolso de tela y miré la pantalla del móvil: 18.50. Bien, solo había tardado diez minutos más de la cuenta, pero Harry aún no había llegado. Dejé escapar un poco de aire y salí de mi habitación para ir a la sala. Sin embargo, me llevé una sorpresa al ver a Beck de espaldas.

Me quedé de pie en el último escalón mirándolo. Llevaba una chaqueta de color café, unos tejanos oscuros desgastados y un gorrito de tela gris por el que asomaban unos cuantos rizos.

Beck se volvió y nuestras miradas se encontraron. Mi mandíbula se tensó y noté cómo la sangre subía hasta mis mejillas. Me sentía completamente avergonzada. Se había dado cuenta de que lo había estado mirando con todo descaro, y lo peor de todo era que no era la primera vez que me sorprendía mirándolo.

—Hasley —saludó, esbozando una sonrisa de oreja a oreja, permitiéndome ver el par de hoyuelos en sus mejillas.

—Ho-hola —balbuceé maldiciéndome.

La sonrisa de Harry se agrandó y se acercó a mí.

—Estás roja —dijo, y se rio por lo bajo.

Apreté los labios y agaché la cabeza. Me reí al darme cuenta de que me comportaba como una tonta cada vez que lo tenía delante. Negué varias veces con la cabeza antes de volver a mirarlo.

—¡Qué vergüenza!

—No te preocupes —murmuró él, y dio un paso atrás.

Miré por encima de su hombro. Mi madre y Amy no se habían dado cuenta de nada. Seguían jugando. Me pregunté si habían empezado una nueva partida, y al ver que había más piezas que antes sobre el tablero, deduje que sí. Me volví de nuevo hacia él, que me miraba con los ojos entrecerrados y la comisura de los labios elevada. Sonreí también y él no pudo evitar echarse a reír.

—¿Quieres que nos vayamos ya? —Su voz ronca hizo que mi piel se erizara.

No fui capaz de articular palabra, así que asentí con la cabeza. Prefería responder con gestos en ese momento; no quería arriesgarme a que mi voz me fallara y terminara tartamudeando como me había ocurrido muchas veces.

Caminé hasta donde estaba mi madre y le toqué en el hombro. Ella movió una pieza y se volvió para mirarme. Quise hablar, pero en su rostro se dibujó una sonrisa traviesa y miró de reojo a Harry. Me resultó inevitable poner los ojos en blanco y volver a sonrojarme, una vez más.

—Nos vemos después —masculló, dándole un beso en la frente—. Hasta luego, Amy.

—Hasta luego, Hasley, cuídate. Nos vemos pronto. —La mujer sonrió antes de coger el vaso con zumo y beber un poco.

—Ya me dirás adónde vas. Sé que eres mayor de edad, pero me quedo más tranquila sabiendo dónde estás. Una vez no sabía dónde habías ido e intenté averiguarlo preguntando a tus amigos, pero ninguno quiso decirme nada —se quejó—. Ah, y sé responsable, Diane —añadió bromeando.

Quise decirle que no me llamara así, pero decidí dejarlo pasar y asentir varias veces. Caminé hasta la puerta principal y, antes de abrirla, la voz ronca y suave de Harry hizo eco en toda la casa:

—No se preocupe, la acompañaré a casa. Hasta luego, Bonnie.

Ambos salimos y vi el coche de Harry aparcado frente a mi casa.

—¿Diane?

—Mi segundo nombre, lo detesto.

—¿Por qué?

—No me gusta —gruñí.

—Es bonito.

—No, no lo es.

—Claro que sí, Diane.

Me abrió la puerta y me giré para mirarlo.

—No, no lo hagas.

—Es justo, tú me llamas Beck, yo puedo llamarte por tu segundo nombre. Me gusta.

—Podría contradecirte, pero no sé cómo.

—Solo ríndete —se burló—. Puedes subir los pies al asiento, no me molesta —me dijo Harry mientras conectaba su móvil al coche.

Asentí, pero no lo hice; no podía. Me estaba dando mucha confianza, pero yo no quería tomármela de una forma tan rápida. Quería que las cosas fluyeran poco a poco, aunque creía que ya estaban yendo a una velocidad que yo no podía controlar.

Lo miré mientras él revisaba algo en el teléfono con el ceño fruncido. Luego desvié la mirada hacia la ventana y observé que el cielo ya estaba teñido de un color oscuro.

Después de todo, no importaba cómo me hubiese vestido. Compramos comida, gaseosas y algunas golosinas, y no supe cuál era el plan hasta que vi que aparcaba cerca de la playa. Me sonrió de oreja a oreja mientras murmuraba que cenaríamos dentro del coche mirando el mar.

El aire fresco y su compañía me reconfortaban. No podía negar que me sentía bien cuando estaba con él. Había algo de paz en mi interior y mi mente no me traicionaba con vagos recuerdos. De todas formas, estos ya no dolían y ahora los rememoraba como sucesos agradables de mi vida, algunos de ellos muy hermosos. Comenzaba a entender y a aceptar que ya era tiempo de avanzar. Tenía que dejar de ponerme barreras para salir de un pasado que solo me hacía daño y me hundía en el dolor… No quería seguir viviendo de esa forma. Ahí, en ese momento, fue cuando me hice a mí misma varias preguntas: ¿Quería seguir adelante con mi vida? ¿Quería dejar el pasado atrás y continuar? ¿Quería aprovechar la oportunidad que se me presentaba? La respuesta era sí. Sí quería.

Me senté de lado para poder mirar de frente a Harry. Él deslizaba su dedo pulgar por la pantalla del móvil. Ya no llevaba puesto el gorrito de tela —ahora lo tenía yo entre mis manos— y el aire que entraba por las ventanas abiertas hacía revolotear sus rizos.

Empezó a sonar una canción. *Fall Away*.

—¿Te gusta The Fray? —le pregunté.

—Sí, tienen canciones muy buenas. Mi favorita es *Look After You*, ¿la tuya cuál es?

Eso me trajo varios recuerdos, por lo que sonreí. Sonreí por los sentimientos que me transmitía.

—*You Found Me* —respondí.

—Es la que viene después de esta, ¿quieres que la deje?

Asentí. Una sonrisa se escapó de los labios de Harry mientras llevaba a su boca unas bolitas de chocolate. Dejé caer mi cabeza en el asiento y me abracé a mí misma mientras cerraba los ojos.

En mi mente, un caleidoscopio de recuerdos.

You fall away from your past,
but it's following you, now.

Es muy difícil superar la ruptura de tu primer amor, pero aún lo es más cuando se va de tu lado de la forma en la que Luke lo hizo. Recordé la primera vez que se burló de mí, su primer gesto amable, las sonrisas que me regaló y los abrazos que me brindó, así como sus besos, sus palabras de amor y las carcajadas que compartimos, pero sobre todo recordé las lágrimas que derramamos juntos. Sus confesiones y las travesuras que le gustaba hacer, no solo las de cuando era niño, sino las que lo convirtieron en un chico malo y que muchas veces terminaban en pequeños momentos de diversión. Luke había invadido mi vida y mis sentimientos, había sido como un huracán que había arrasado con todo y me había dejado devastada.

Pero, tarde o temprano, todo alguna vez se vuelve a levantar.

Sí, Luke había sido el huracán y yo el lugar que había quedado devastado, pero me tenía que reconstruir. Después de repasar todos aquellos recuerdos, me pregunté si ya era hora de hacer caso de lo que me decía la gente cuando me animaban a que intentara volver a ser feliz: «Amor, no te tienes que sentir así, no lo estás remplazando. Él siempre estará aquí. Lo único que querría Luke en estos momentos es que tú fueras muy feliz», «Esté donde esté, puedes tener la seguridad de que Luke es feliz si tú también lo eres. Habría matado monstruos por ti y por verte sonreír», «Ha pasado mucho tiempo, estás en tu derecho de empezar tu vida con otra persona. Tienes que ser feliz y no seguir aferrándote al pasado»…

«Recuerda que después de él tienes una vida que vivir», eso fue lo último que me dijo Rose cuando salí de su consulta.

Era la hora, y yo ya estaba tardando, ponía muchos peros y no actuaba para alcanzar lo que quería. Tenía apoyo y tenía oportunidades, oportunidades que debía aprovechar. No podía quedarme estancada, tenía que actuar ya. Abrí los ojos y me encontré con la mirada de color miel y cálida de Harry. Ya se había dado cuenta de que estaba llorando. Él también estaba girado en el asiento, mirando hacia mí. Tragué saliva y dejé salir un suspiro de entre mis labios. Agradecía tanto que no me preguntara cómo estaba, lo que menos quería en ese momento era hablar sobre ello… o tal vez sí quería.

—Tenía dieciocho años cuando lo conocí, y él, diecinueve —dije, rompiendo el silencio. Harry siguió mirándome a los ojos, prestándome toda su atención. Sentí como si me estrujaran el pecho y temblé—. Luke no pudo disfrutar de su adolescencia. Su padre lo golpeó y lo humilló desde los quince años, y él buscó su anestesia para poder soportarlo y alejarse de su realidad, aunque fuera tan solo durante un momento. Digamos que cometimos errores, yo era torpe e inmadura, él era… escéptico y hostil, pero… entonces yo empecé una relación con otro chico.

Mis manos temblaban y notaba el estómago vacío. No podía contener mis palabras, pero evité sollozar entre ellas. Le conté todo lo que había hecho, le dije nombres, le expliqué cómo me sentía cuando estaba con Luke…

—Sé que no debí salir con ese otro chico si ya sentía algo por Luke. Fui tan estúpida… —sollocé, pero traté de tranquilizarme. Sentía que me faltaba el aire—. Qui… quiero seguir con mi vida, quiero seguir sin que me duela, pero ahora que lo estoy logrando, me da miedo…, mucho miedo. Sé que siempre voy a querer a Luke, pero quiero querer a alguien más sin sentir que lo traiciono… No sé, no sé… Solo sé que tengo miedo…

Debido a mis lágrimas, veía borroso a Harry, pero vi que salía del coche y lo rodeaba para llegar a mi puerta y abrirla. Entonces me envolvió entre sus brazos, me apretó contra su pecho y yo me aferré a él, hundiendo mi rostro en su torso, ahogando mis sollozos. Me di cuenta de cuánto necesitaba un abrazo así. Un abrazo que me hiciera sentir segura y reconfortada, un abrazo que me diera paz y me hiciera sentir protegida.

Volví a ser la frágil Hasley Weigel entre los brazos de Harry Beckinsale.

—Chisss… —murmuró, acariciándome el pelo—. Tú lo has dicho, Hasley. Es hora de seguir. Tienes la opción de tomar el dolor como tu única alternativa para la felicidad.

Me separé un poco de él y lo miré. Mi respiración ya se había tranquilizado. Harry permanecía serio; sus ojos, sumergidos en un sentimiento de nostalgia. No quería que sintiera lastima por mí, lo que menos quería era que alguien estuviera conmigo por pena, y mucho menos él, que comenzaba a importarme más de lo que debía.

—En un futuro serás lo que tú decidas ser hoy, y eso no es traicionar a Luke, eso es seguir adelante. No puedes condenarte a la tristeza para siempre. No lo hagas.

—Lo he hecho, de verdad que sí. Solo… llevo mucho así y no sé, no sé…

—Nadie tiene que decirte cuándo es suficiente. Sin embargo, tienes que saber una cosa: es difícil, pero no imposible. Aprender a soltar también es amor, Hasley.

Apreté mis labios para evitar sollozar y sonreí, pero notaba cómo unas lágrimas rodaban por mis mejillas. Harry me tocó la nariz y después me apartó el pelo que cubría mi rostro. Estiró el brazo para coger del asiento el gorrito de tela y me lo puso para evitar que mi pelo revoloteara.

Me regaló una sonrisa y volvió a abrazarme.

—Déjame ser el sosiego de tus miedos —me susurró.

CAPÍTULO 20

Yo no dije nada, solo me quedé callada como siempre.

Esta vez había desnudado por completo mi alma y ahora sentía que la estaban abrazando de la forma más dulce y sincera.

Como si escribiera poemas en ella.

Cerré los ojos para disfrutar del aroma que desprendía su ropa y la paz que sus brazos me brindaban, esa que me hacía dibujar paisajes verdes y no un melancólico atardecer.

Un segundo más y después él deshizo el agarre para sujetarme de los hombros y mirarme a los ojos. Aprecié cada facción de su cara ante su silencio. Tenía que admitirlo, no podía seguir esquivando el pensamiento que se me cruzaba cada vez que lo miraba: era atractivo. Sus ojos de color miel con un desteñido contraste alrededor de la pupila eran preciosos y me encantaba la forma en la que los decoraban sus cortas pero voluminosas pestañas.

Mi vista bajó con delicadeza hacia sus labios y me fijé en que eran finos y rosados, de un color sandía claro, con forma de corazón, algo que veías en muy pocas personas. Aunque a mí me gustaban más cuando se expandían para dibujar en su rostro una sonrisa de oreja a oreja acompañada de un hoyuelo en cada una de sus mejillas.

Harry seguía en silencio y eso aceleraba más mi pulso. Interiormente, le gritaba a mi cuerpo que se moviera o al menos que intentara dar un paso hacia atrás para ampliar la distancia entre nosotros, pero era incapaz de reaccionar y acatar mis propias órdenes.

Él parpadeó varias veces mientras comenzaba a fruncir el ceño, se tocó la nariz y, finalmente, dio un paso hacia atrás. Las lágrimas en mis mejillas ya se habían secado, pero aún sentía la necesidad de sorber cada vez que intentaba inhalar.

—Sé lo que se siente cuando se pierde a alguien —murmuró, y a pesar de usar un tono bajo de voz, habló con firmeza y claridad—. Yo perdí a mis padres, y entiendo muy bien lo que sientes. Conozco lo que es el miedo de perder a una persona especial y muy importante para ti, lo sentí cuando vi a Ellen en una camilla del hospital conectada a multitud de tubos y cables. Tuvo una relación que no le favoreció en nada con un tipo que la envió a terapia intensiva. —Su voz tembló, pero no abandonó su rotundidad. Su ceño seguía fruncido y la mirada sobre la mía—. Pensé: «Mierda, voy a perder a la única familia que tengo». Estaba solo. Sin padre ni madre, y con una hermana en coma.

Me quedé perpleja. Era consciente de que estaba contándome lo de su hermana, un tema delicado para él. Se estaba abriendo a mí, era como si ambos nos hubiéramos liberado del caparazón con el que nos protegíamos y estuviéramos enseñándonos el alma el uno al otro.

Los ojos miel de Harry estaban cristalizados, quizá a punto de derramar lágrimas, pero logró retenerlas. Su mirada estaba rota y melancólica, quizá estuviese recordando esa escena. Soltó un suspiro y se mordió los labios antes de soltar una risa sin humor.

—Admito que tenía la certeza de que no andaba por buen camino. Era una adolescente impredecible y yo no me ocupaba suficientemente de ella porque tenía mucho trabajo y un compromiso de boda de por medio.

Fruncí el ceño. Eso último me había tomado desprevenida. ¿Compromiso? ¿Había estado comprometido?

Mis labios se entreabrieron con sorpresa y un mundo de pensamientos desordenados me invadió. Todo esto era completamente nuevo para mí, solo conocía la parte superficial de Harry, pero ahora me estaba permitiendo saber más de él.

—¿Sientes que priorizaste otras cosas y que no te ocupaste de Ellen como debías?

—Sí —contestó frustrado—, y ahora lamento no haber reaccionado cuando supe que las cosas no estaban bien. Llegué tarde. Si hubiera… Si yo hubiera…

—Si hubieras llegado antes, las cosas serían diferentes —dije, terminando su frase.

Harry apretó los labios y desvió la mirada hacia el mar. Luego asintió con la cabeza.

—Las cosas serían diferentes —repitió.

—Pero los «si yo hubiera» evocan situaciones y hechos que no han existido, y eso no nos ayuda.

Tal vez, si hubiéramos actuado de otra manera, los dos habríamos obtenido resultados diferentes, quizá positivos y de los cuales no nos lamentáramos cada vez que los recuerdos nos invadieran y nos encerraran en una caja de culpabilidad y arrepentimientos, pero eso no había ocurrido.

Mi estómago se encogió y mi pecho sintió una punzada cuando vi las primeras lágrimas resbalándose por la mejilla de Harry. Se las secó rápidamente y me sentí tan pequeña, tan inútil… Ver al maduro y seguro Harry Beckinsale de esa forma me hizo volver a la realidad. Él, como yo, era un ser humano frágil, y había tenido que lidiar con la muerte de sus padres, con un compromiso roto y con lo que le había ocurrido a su hermana al sufrir abusos por parte de su pareja.

Entonces me pregunté: ¿cuántas veces habría tenido que tragarse el llanto y los gritos de dolor, de impotencia y de tristeza? ¿Cuántas veces habría fingido ser un hombre que se sentía orgulloso por haber crecido madurando pronto en la vida? ¿Cuántas veces habría sonreído al recordar a sus padres cuando eran una familia feliz?

—Quiero a mi hermana. La quiero, a pesar de que no seamos hijos de la misma madre.

Fruncí el ceño. Entonces ¿eran hijos del mismo padre? Pero ¿por qué no tenían los mismos apellidos? «¡No preguntes! ¡No preguntes!», me gritó mi subconsciente.

—¿Y por qué vuestros apellidos…? —empecé a preguntar sin poder evitarlo. Me maldije varias veces.

Argh…

Harry me miró, soltó un suspiro y se le escapó una sonrisa mientras se acercaba a mí. La curvatura de sus comisuras se mantenía, pero no me contestó y con una seña me indicó que entrara de nuevo al coche. Yo no rechisté, ni mucho menos me negué.

Harry no tardó en sentarse detrás del volante. Subió las ventanillas y encendió la calefacción. Luego dejó caer la cabeza contra el respaldo del asiento y apagó la música.

Me sentía nerviosa, mi pulso estaba tan acelerado que notaba cómo el calor invadía todo mi cuerpo. Una vez más, había metido la pata con Harry. Tragué saliva con dificultad y dejé caer mi espalda poco a poco hacia el respaldo. La tensión entre nosotros era tan palpable que podía cortarse fácilmente con un cuchillo. Con el rabillo del ojo pude ver que se removía en el asiento y llevaba una mano hasta su cabello para apartarse unos rizos que caían sobre su frente.

—Te mentí —dijo con voz ronca y potente. Mi piel se erizó y, muy despacio, me volví hacia él—. No éramos una familia perfecta, no nos fuimos a vivir con mi abuela después de que mi madre falleciera…

Su confesión me desconcertó y dudé varios segundos. No sabía si reprocharle que me hubiera mentido o no. Pero pensé que todas las veces en las que había dado rienda suelta a mi indignación lo único que había conseguido había sido lastimar a la otra persona, así que me reprimí y esperé a que prosiguiera.

—Mi padre engañó a mi madre cuando yo tenía seis años y medio. Ella no lo supo entonces, pero todas las verdades salen a la luz tarde o temprano… Ellen fue fruto de esa relación extramatrimonial, pero cuando cumplió un año, su madre biológica no quiso seguir cuidándola, y mi padre, incapaz de dejarla desamparada, se hizo cargo de ella. Mis padres tuvieron muchos problemas, pero nunca se separaron… por mí. —Se detuvo unos segundos y juntó los dedos de las manos en forma de diamante.

—Harry… No tienes por qué contármelo si no te apetece —le dije, mirándolo con un ápice de tristeza.

—No, quiero hacerlo —afirmó—. Papá nos lo consentía todo. Adoraba a Ellen, y a mí me enseñó a amarla como lo que era: mi hermana. Cuando él murió…, mi madre no la trataba igual, así que ella se fue a vivir con mi abuela paterna, y como yo aún era menor de edad, no me pude ir de casa hasta pasados tres años. Mi madre murió por una sobredosis de antidepresivos. Ellen y yo no tenemos los mismos apellidos porque ella lleva el de su madre biológica. —Resopló nervioso y rio con tristeza—. Te mentí porque… porque recordar duele.

Me quedé congelada en mi asiento. Todo lo que había escuchado había sido como una bofetada limpia y fresca que me había dejado perpleja.

Sentí un hueco en el estómago y unas ganas enormes de abrazarlo, pero no lo hice. No podía, me sentía impotente una vez más. Quería decirle algo, pero no sabía qué. Estaba actuando como una tonta.

¿Él me acababa de contar una parte muy dolorosa de su vida y lo único que yo era capaz de hacer era quedarme como una estatua?

—Lo siento mucho, Harry —acabé diciendo—. No sé qué decir…

—Tranquila, ya han pasado muchos años. Ya no duele. —Su voz se había vuelto rasposa y más ronca que otras veces—. Te prometo que estoy bien.

—No debes fingir que eres fuerte todo el tiempo.

Él me regaló una sonrisa.

—No lo finjo, solo… me gusta ver el lado positivo a las cosas.

—Eres la personificación de la resiliencia —dije bromeando un poco.

—Eso es.

Apoyé la cabeza en el asiento y ambos nos quedamos mirándonos. Quise preguntarle más cosas, quería saber más sobre él, pero pensé que, por esa noche, ya era suficiente.

Y así fue como la calma llegó en forma de un abogado con acento británico.

—¿Puedo quedarme un rato más contigo esta noche? —le pregunté.

—¿Segura?

—Me gusta estar contigo —confesé.

—Y a mí contigo, Diane. Me… gustas.

—¿Sí?

Él suspiró.

—Me gustas mucho.

No dije nada, solo le sostuve la mirada. Harry se acercó a mí y yo me arrastré, irguiéndome un poco.

Él me abrazó, como si tratara de unir todas las piezas que estaban rotas en mí. Me abrazó como si quisiera reparar todo el daño que me habitaba, como si estuviera a punto de quebrarme y él tratara de impedirlo. Me abrazó como si tratara de protegerme, como si me enseñara a amar de nuevo.

Y yo también lo hice.

A veces me gusta pensar que nuestro primer beso no fue con los labios, sino con el abrazo que me dio esa noche. Uno que me pareció completamente reparador.

CAPÍTULO 21

En la noche anterior, Harry y yo nos mantuvimos en silencio hasta que me atreví a hablar. Charlamos un poco más y cenamos. Me acompañó a casa y me deseó buenas noches. Yo también, pero agregándole un «Feliz cumpleaños» adelantado. Supongo que los nervios hicieron que se me escapara.

Harry se rio.

Para mí, Nochebuena no era lo mismo desde hacía unos años, pero tenía ganas de volver a sentir la emoción que sentía en el pasado por esas fechas. Así que me había propuesto esforzarme para conseguirlo haciendo algo navideño que me sacara una sonrisa y me diera paz mental, como adornar el árbol de Navidad, cocinar con mamá y sentarme a su lado para cenar. Y, por fin, después de tanto tiempo de pena y llanto, estaba lográndolo.

—¿Ya está? —pregunté.

—Sí, ¡misión cumplida! ¿Quieres arreglarte para cenar o prefieres que comamos en pijama? —dijo mi madre mientras dejaba el trapo de cocina sobre la encimera.

Fruncí el ceño. Habíamos terminado de preparar el jamón navideño y, muy a mi pesar, tendría que confesarle a Rose en la próxima sesión que no había hecho la cena yo sola como había planeado. Por la mañana le había mandado un mensaje de WhatsApp para felicitarle las fiestas. Me respondió con un: «¿Todo va bien?», que preferí ignorar. No tenía ni idea de cómo pedirle una sesión por videollamada.

En casa éramos dos, así que no habíamos preparado mucha comida, solo un postre, una ensalada y el famoso jamón con el que había estado soñando todas las noches del último año y que ahora se reía de mí desde el horno por no haber podido con él.

—¿Te parecería bien que celebráramos la Nochebuena en pijama? —pregunté incrédula.

—¿Por qué no?

—¿Porque es una noche… especial?

—Es especial por la compañía, estar contigo para mí es eso y más. Esbocé una sonrisa.

—Te quiero —murmuré.

—Y yo te quiero más —dijo de la misma manera—. Tú decides, ¿o tenías otra cosa en mente?

—Hace unos días me compré un prendedor de pelo —le comenté—. Fue por… —me interrumpí porque en realidad no estaba segura de si quería contárselo.

—¿Sí? —dijo, animándome a que continuara.

Me mordí los labios. No quería ocultarle nada. Sin embargo, aquello tampoco había sido tan importante, simplemente había ido al centro comercial, había comprado algo, había visto una película en el cine y había regresado a casa.

—Fui a mirar tiendas al centro comercial —proseguí—, vi un prendedor de pelo, me gustó y me lo compré. ¡Es precioso! Pero muy caro. Me hacía ilusión… estrenarlo esta noche. —Me encogí de hombros—. He mirado algunos peinados.

Ella asintió y me dedicó una mirada pícara.

—¿Es que va a venir alguien a casa?

—¡No! —respondí.

El simple hecho de que insinuara que había invitado a Harry hizo que me pusiera colorada. Quizá porque, aunque no quisiera admitirlo, sí me gustaría que él se pasara por casa esa noche.

—¿Segura?

—Mamá… —supliqué avergonzada.

—Ya —declaró—. Entonces podemos ir arreglándonos. No he planeado nada especial que hacer esta velada, pero me encantaría hacerte una foto al lado del árbol como las que te hacía cuando eras pequeña.

—Cuando tenía diez años.

—Y no sabes lo feliz que me hace poder hacerte una ahora, tantos años después. —Sonrió—. ¡Es Nochebuena! ¡Papá Noel te ha traído un regalo!

—¿Qué? —pregunté frunciendo el ceño.

—Te va a encantar —dijo ella emocionada.

La cara se me cayó de vergüenza y me sentí la hija más cruel del mundo. Olvidé comprar un regalo para ella, llevaba todos esos días enfocada en otro tipo de cosas. Ni por un momento había pensado en comprarle nada.

—¿Me has comprado un…? —musité—. Mamá, no…

—No comiences, Diane —sentenció, negando con la cabeza.

—No, no es eso.

—Entonces ¿qué?

Guardé silencio.

Yo estaba sentimental, la fecha no ayudaba y que ella me estuviera mirando en espera de mi respuesta solo me hacía querer quebrarme y llorar un poco. Tenía un regalo para mí y yo… yo tenía todo lo contrario.

—No… —inicié, y respiré hondo—. No tengo nada que regalarte.

Ella se rio por lo bajo. Se acercó a mí y puso su mano en mi mejilla, quise bajar la cabeza, pero me lo impidió, forzándome a que le sostuviera la mirada.

—Estás equivocada. Tenerte conmigo celebrando estas fechas es suficiente regalo para mí —dijo por lo bajo—. Verte sonreír y vencer tus miedos es lo mejor que me puedes dar. Me has regalado la imagen de una gran guerrera.

Sus palabras hicieron que mi pecho se inflara y mi vista se tornara borrosa. Ella me abrazó, haciéndome sentir protegida y amada; más que otras veces. Mi madre era tan real y sincera como siempre. Dejé caer mi cabeza sobre su hombro y me aferré a su cuerpo, sin muchas ganas de separarme de ella.

Los recuerdos de aquellos días en los que me ayudaba a escoger la ropa —le gustaba combinar los colores de los adornos del árbol con los de mi vestido—, me peinaba y me ponía unas gotas de perfume para celebrar la Navidad danzaron en mi cabeza.

—Eres más fuerte de lo que crees —me susurró.

Cerré los ojos, queriendo fundirme entre sus brazos.

—Tú me enseñaste a serlo.

—Pues me has superado.

Reí por lo bajo.

—No es cierto. Tú has salido ilesa de muchas batallas.

—¿Como cuáles?

—Como ser madre —respondí. Abrí los ojos y me separé para mirarla. Ella juntó las cejas, mirándome extrañada—. Fuiste madre mientras estudiabas y luego la persona que decía amarte te traicionó, pero nunca dejaste de remar.

—Hasley, solo asumí mi responsabilidad —dijo sonriendo a medias.

—Ya, pero lo has hecho muy bien, y en la vida no existe una escuela en la cual te enseñen a ser buen padre o buena madre, ni mucho menos a sobrellevar la situación de ser madre sola y primeriza. Eres uno de mis mayores ejemplos a seguir. Te admiro por lo fuerte que eres, por lo mucho que adoras tu trabajo, por lo que te esfuerzas para entenderme. Admiro tu resistencia y también lo bien que manejas ese papel de amiga conmigo.

Ella apretó los labios y vi que se le dibujaba una sonrisa en el rostro.

Nunca le había dicho lo que pensaba de ella. Mamá era mi más grande y pura inspiración como mujer. Si algún día llegaba a tener hijos, intentaría que se sintieran tan bien conmigo como yo me sentía con ella. No quería que me vieran solo como su madre, ni hacer que se sintieran obligados a tenerme respeto únicamente por haberlos traído al mundo, me gustaría convertirme en esa amiga íntima en la que podían confiar y a la que pedirían ayuda sin dudarlo si estaban en problemas. Esa amiga a la que le contarían sus secretos y que nunca los juzgaría.

Hasta ese momento nunca me había detenido a pensar si quería formar una familia o si me gustaría casarme. Tal vez tiempo atrás, estando con Luke, lo llegué a considerar, y ahora volvía a pensar en ello, pero, por un segundo, la idea de que mi futuro no sería con él me aterró.

—Tú siempre has sido el motor que me ha impulsado —dijo—. Nunca te lo había dicho, pero tú eres mi complemento.

Le sonreí.

—Y tú el mío, mamá.

Me sujetó de las manos y asintió.

—¿Cómo te sientes?

No me permití reprocharle que estaba aprovechando el momento en que estaba con la guardia baja para que le respondiera con honestidad.

Me encogí de hombros y tomé asiento en uno de los taburetes. La charla sería un poco larga porque, a decir verdad, quería contarle bastantes cosas y no teníamos prisa porque nadie nos esperaba para cenar. Esa noche solo éramos nosotras dos y el árbol de Navidad que había estado adornando la semana anterior.

Neisan nos visitaría al día siguiente, Amy y Noah también. Harry me había deseado que tuviera una feliz cena de Nochebuena.

—Estoy bien, con muchas ganas de probar lo que hemos cocinado juntas. —Sonreí—. No, en serio. Estoy bien, me siento en paz últimamente —admití, sin esconderme de su mirada. Ella cogió un vaso y vertió agua—. Es cierto que hay días en los que a veces siento que los recuerdos fugaces me llevan hacia atrás, pero me mantengo fuerte.

—Me gusta mucho saberlo —murmuró—. ¿Has intentado hablar con Rose?

Entrelacé los dedos, nerviosa.

—No, todavía…

—¿Planeas hacerlo?

—Sí, lo que pasa es que… es que no me he animado, tal vez lo haga pasado mañana, no quiero interrumpir su Nochebuena.

—Sabes que si no estás lista para hablarle sobre…

—Mamá —la interrumpí—, lo sé, y estoy lista. Yo… solo… Déjame hacerlo a mi ritmo. Sé… cómo manejar todo esto.

Ella se quedó en silencio mirándome a los ojos durante unos largos segundos y luego suspiró lentamente, le dio un trago a su vaso de agua, apretó los labios formando una línea y, finalmente, dijo:

—Bien.

—Gracias. —Me eché unos mechones hacia atrás y le pregunté—: Y tú, ¿cómo te sientes?

Frunció el ceño al darse cuenta de que le había copiado la pregunta y se echó a reír negando varias veces con la cabeza.

—Feliz, muy feliz —respondió manteniendo una pequeña sonrisa en la cara, y agregó—: Y deseando probar lo que hemos cocinado juntas —me copió.

Si de algo estaba segura, era de que mi madre jamás perdería su vitalidad.

Esperé un poco para que dijera algo más, pero no lo hizo. Se mantuvo en la misma posición y pensé en retomar la conversación sobre cenar en pijama o con ropa elegante, sin embargo, cuando abrí la boca para hacerlo, ella dijo:

—Voy a testificar en el juicio de Ellen.

—¿Qué? —Lo que acababa de decir me había tomado por sorpresa.

Parpadeó y bebió el ultimo trago de agua.

—Soy su psicóloga y sé lo mucho que le ha afectado su relación con Roger. ¿Sabías que Ellen…?

—Sí —respondí antes de que ella formulara la pregunta—. Harry me lo comentó. No entró en detalles, pero sé lo que le ha pasado.

—Entiendo. Supongo que te habrá dicho que están en un proceso legal y que, cuando se acaben las vacaciones, se celebrará la última sesión del juicio.

—No —dije, pero sabía lo del juicio porque Neisan me lo había dicho—. De eso sí que no sabía nada. Mucho menos que tú fueras a testificar.

Bueno, esto último sí era cierto.

Mamá cogió una bocanada de aire y se sentó frente a mí. Su vista recorrió toda la cocina como si estuviera buscando algo, ya fuera en la estancia o dentro de su cabeza.

—Esa fue la razón por la que vino el primer día que lo conociste —explicó. Quise decirle que a Harry ya lo había conocido en el auditorio de la Universidad de Melbourne, pero eso sería salirme de la charla y no quería hacer tal cosa, por lo que dejé que continuara—. Las carpetas que te pedí que le entregaras eran el expediente de su hermana. Se lo di para que lo analizara el abogado que les está llevando el caso.

Así que Harry no llevaba el caso directamente… Era lo más lógico. Podría ser muy duro para él encontrarse cara a cara con la persona que casi había matado a su única hermana. Harry parecía muy calmado, pero que dañen a alguien que te importa puede sacar lo peor de ti.

—¿Y… cómo está Ellen?

—Mucho mejor que antes. Es una chica muy fuerte. Fue duro todo el proceso: sacudidas, recaídas, llanto, dolor… Ella se marchitó, pero ha sabido rehacerse. Se cuidó, se regó todos los días, se nutrió y luego… floreció.

—Me gusta cuando comparas a las personas con flores —le dije.

—Me encantan las flores.

—A mí me encanta que te guste tanto lo que haces.

—Me entusiasma porque, con mi trabajo, puedo ayudar a Ellen y a muchas personas más. Rose lo está haciendo contigo.

Se me formó un nudo en el estómago.

—Bueno, algunas personas tardamos más en florecer… Me sorprende que Rose no me haya desechado por imposible.

—He visto muchas flores marchitarse y luego revivir. Sanar es un proceso, no se trata de ninguna competición, Hasley. Debemos comprender que, como todo proceso, tiene sus fases.

—A veces miro a otras personas salir de su duelo antes que yo y me pregunto si no estaré regodeándome en mi dolor.

—¿Sabes?, los humanos tenemos la desdicha de juzgar nuestro propio dolor o minimizar lo que sentimos porque siempre estamos comparándonos con los demás.

—¿No debo sentirme mal por haber alargado tanto mi duelo?

—Hasley, ni siquiera deberías sentirte mal por sentir.

CAPÍTULO 22

Las blancas mueven primero, ¿no? —le pregunté a mamá, ojeando el tablero que tenía frente a mí.

—Sí —respondió, reacomodando cada pieza del ajedrez.

Habíamos terminado de cenar hacía una hora. El reloj marcaba las dos de la mañana y nuestros párpados todavía no se cerraban por el sueño.

Al final, decidimos celebrar la Nochebuena en pijama. El jamón estaba delicioso, y la ensalada, exquisita. Tomamos unas cuantas copas de vino mientras charlábamos un poco de todo y luego mi madre me propuso enseñarme a jugar al ajedrez.

No estaba entendiendo nada.

Mi pequeño hámster se encontraba corriendo a toda velocidad en su rueda para que mis neuronas hicieran sinapsis. Una vez más, esto me demostraba que no debía confiar mucho en lo que veía en las películas, porque el ajedrez no era fácil y nadie se volvía un experto con tan solo mirar, o quizá sí, pero yo no.

—El caballo solo puede moverse en forma de ele sobre el tablero y puede saltar cualquier pieza, sea tuya o del enemigo —me explicó, señalando una de las piezas.

—El peón solo puede moverse hacia delante, ¿no?

—Ajá. ¿Recuerdas cómo se mueve la dama?

Me mojé los labios e intenté recordar.

—¿En cualquier dirección?

—¡Sí! —celebró—. Ahora… repasemos un poco más. ¿Cuáles eran los movimientos especiales?

Fruncí el entrecejo.

—¿Qué?

—Te lo acabo de decir hace solo unos minutos, Diane —me reprendió, arrugando la nariz—. Son tres. Y te dicho cuáles son las piezas que pueden hacerlos.

Apoyé la espalda en el respaldo de la silla y negué con la cabeza. Esto era una tortura. Solo me esforzaba porque era su pasatiempo favorito, no porque me importara o me apeteciera jugar al ajedrez. A decir verdad, me empezaba a doler la cabeza y podía agregar que también comenzaba a sentir sueño.

—Me rindo —musité, parpadeando.

—No —dijo—. Tú vas a…

El sonido de su móvil la interrumpió, se encontraba al otro extremo de la mesa del comedor. Mi madre me miró confusa antes de ponerse de pie para cogerlo.

Me dediqué a seguirla con la vista. Ella alzó la mirada y pude ver que parecía aún más confundida. Quise preguntarle quién era, pero ella se me adelantó:

—Es Amy por videollamada —dijo.

Me encogí de hombros, sin saber qué decirle. Mamá arrastró su dedo por la pantalla táctil y la música de fondo fue lo primero en oírse. Bueno, alguien estaba disfrutando la noche mucho más que yo, que me la estaba pasando intentando aprender a jugar al ajedrez.

—¡Feliz Navidad! —gritó Amy.

Mi madre abrió los ojos, sorprendida, y negó, divertida, esbozando una sonrisa. Yo me deslicé por la silla para levantarme.

—Feliz Navidad para ti también —dijo mi madre riéndose. Me puse a su lado para echarle un vistazo a su mejor amiga. Llevaba puestas unas gafas de esas con el año y una diadema de luces.

—¿Por qué lleva esas gafas si no estamos celebrando Fin de Año? —murmuré para que Amy no pudiera escucharme.

—Hasley, ¡qué guapa estás!

Al parecer había bebido más de lo normal.

—¡Gracias, Amy! —grité, haciéndome la ilusión de que yo estaba allí con ella—. ¡Por cierto, feliz Navidad!

—¿Por qué llevas esas gafas? —se atrevió a preguntarle mamá.

Le eché una mirada de pocos amigos y ella se limitó a reírse.

—¿Qué gafas?

—Las que llevas puestas —dije señalándoselas con un dedo.

El alcohol empezaba a hacer estragos en ella.

Amy alejó el móvil y desapareció del encuadre. Durante unos segundos solo vimos a unas cuantas personas de la fiesta y algunas luces de colores.

La amiga de mi madre regresó a la pantalla mientras soltaba grandes carcajadas. Ahora llevaba las gafas en una mano y estaba meneándolas.

—No recordaba que seguía con ellas —se rio—. No lo sé, llegué y mi sobrino las estaba repartiendo, creo que han comprado más de las que necesitaban para la celebración de Fin de Año. ¡Dios! Estoy muerta de calor… ¿Cómo lo estáis pasando vosotras?

—No le digas que estamos jugando al ajedrez —le rogué a mi madre.

Sin embargo, ella me ignoró.

—¡Estoy enseñando a Hasley a jugar al ajedrez!

—¿Qué? ¡Venga, necesitamos otra en el club!

—¡No! —chillé, y me alejé.

—¡Deberías llevarla a jugar!

Mis ojos se abrieron de golpe al escucharla decir eso. Volví a suplicarle con la mirada a mamá que no lo hiciera y que le quitara esa loca idea a Amy.

—No lo sé… —vaciló.

—Soy mala, muy mala, y tú lo sabes —le dije.

Quise continuar, argumentando más razones por las cuales no debía contemplar esa propuesta, pero en ese momento sonó el timbre de la puerta. Mamá y yo nos miramos con extrañeza y luego miramos la puerta. No esperábamos a nadie.

—Ya voy yo —anuncié.

—Después de las fechas navideñas, ¿no crees? —continuó Amy.

Rodeé el comedor y me dirigí a la entrada para abrir. Pero de repente me detuve cuando estuve enfrente, porque el vago recuerdo de hace exactamente tres años comenzó a abrasarme y mi cuerpo dejó de obedecerme.

Antes que todo ocurriera, Luke había prometido pasar la Nochebuena con nosotras. El plan era que en Navidad me llevaría con su familia. Después del accidente, la noche de Navidad era de las más duras para mí, siempre me quedaba esperando a que él tocara la puerta y apareciera al otro lado para llevarme con su familia.

Me quedé esperando cada año, sabiendo que no sucedería esa noche, ni en las demás.

«Quiero que conozcan mi fuente de felicidad», era la frase que se repetía en mi mente en bucle todos los diciembres. Luego me dedicaba a llorar en mi habitación, enredada entre las sábanas mientras mi madre me pedía que le abriera desde el otro lado de la puerta.

Volvieron a llamar y parpadeé, regresando a la realidad. Me relamí los labios y me sentí como si hubiese viajado al pasado, donde todo adquiría tonalidades grises. Mis ojos ardieron y di un paso al frente; cuando mi mano tocó la manilla de la puerta, mi corazón colapsó. Los latidos se volvieron violentos y rápidos, podía sentir mi pecho oprimirse y cómo el ambiente se heló.

Apreté los dientes y abrí en un solo movimiento. Lo primero que vi fue la cara de Luke, con esa sonrisa socarrona. Todo se detuvo. Mi respiración, mi corazón, mi parpadear e incluso el tiempo.

Después de lo que pareció una eternidad, parpadeé con fuerza, la cara de Luke se desvaneció y vi a Harry.

Mis labios se entreabrieron, estaba aturdida.

—Beck —musité.

Él sonrió, aunque parecía extrañado por mi reacción.

—Diane.

Bajé la vista para fijarme en que llevaba un ramo. Ladeé un poco la cabeza, cerciorándome de qué tipo de flores se trataba. Volví a mirarlo y me sentí extraña.

—Feliz Navidad —dijo, y me extendió el ramo.

—Gerberas…

—Sí —susurró.

Mis favoritas.

En plena madrugada de Navidad, me había traído un ramo de mis flores favoritas.

—Gracias. —Sonreí a medias y lo cogí—. Yo… —empecé a hablar sin saber muy bien qué quería decir—. A-ah, eh-eh… Feliz Navidad para ti también.

—Gracias. —Se rio por lo bajo.

Y lo recordé.

Abrí los ojos, preocupada, y negué varias veces.

—Es tu cumpleaños —señalé—. Mierda, hoy es tu cumpleaños y yo no te he felicitado. ¡Felicidades!

Lo que era una sonrisa inocente se convirtió en una carcajada divertida que me contagió, pero que no eliminó la vergüenza que sentía por no haberlo felicitado por la mañana.

Lo envolví en un pequeño y cálido abrazo, que él correspondió.

—Bueno, me felicitaste la noche anterior, cuando te vine a dejar a casa —me recordó, separándose—. Así que ya has saldado tu cuenta, eso fueron unas felicitaciones por adelantado.

—¡No! —grité—. Hoy es tu cumpleaños y tú me has traído algo, pero yo no tengo nada para ti —le expliqué—. ¿Quieres un poco de ensalada como regalo?

Harry apretó los labios para ocultar otra risa y asintió. Me hice a un lado, invitándolo a pasar. Él me hizo una seña con la cabeza y entró. De nuevo, ese olor… No. No. Ese aroma a vainilla con café me deleitó por unos instantes y cerré la puerta.

—¡Amy, permíteme unos segundos! —le pidió mamá a su amiga—. ¡No cuelgues!

—Bonnie —saludó Harry—. Feliz Navidad y feliz Nochebuena.

—¡Igualmente! —dijo ella, y se saludaron con un pequeño abrazo. Mi madre se giró para mirarme y vio el ramo que sujetaba; intentó disimular un gesto pícaro que amenazaba con darme pena—. Qué bonito ramo…

—Hoy es el cumpleaños de Harry —dije, tratando de cambiar de tema.

—¿Eres de diciembre? —le preguntó.

—Sí, fui el regalo de mi madre —respondió él, usando un tono burlón—. El parto fue natural, así que dudo mucho que lo haya disfrutado.

—Mira, no tenemos ningún regalo para ti —comentó—, pero hay jamón navideño y vino.

Él se rio.

—Cortesía de la casa —canturreé.

—Bueno, yo os dejo, estoy en una videollamada que tengo que terminar —dijo mi madre—. Harry, estás en tu casa. Espero de todo corazón que la vida te siga dando más éxito y mucha salud.

—Muchas gracias, Bonnie —respondió.

Ella nos dio la espalda y se dirigió hacia las escaleras para ir a su habitación. Yo me quedé de pie, escondida detrás del ramo para evitar ese cosquilleo que sentía por todo el cuerpo cada vez que los ojos de color miel de Harry me atrapaban.

Lo escuché suspirar.

Lo recorrí con la mirada de arriba abajo. Lo habitual esa noche era vestir con colores como el negro, el azul, el verde o el rojo. Él llevaba un traje azul claro y una camisa blanca de botones sin corbata.

Estaba guapísimo.

—Así que… —empezó a decir, girándose para mirarme.

—¿Quieres sentarte? —lo interrumpí, y señalé uno de los sillones. Se quedó en silencio.

Pude ver cómo se esforzaba en ocultar una sonrisa, pues aparecieron los hoyuelos que se le formaban cerca de la comisura de los labios. Últimamente me había dado cuenta de que aparecían en cuanto él movía mínimamente sus músculos faciales.

—Claro —dijo.

Carraspeó mientras acomodaba los pliegues de su chaqueta y se sentaba. Yo, que seguía aferrada al ramo, solté una bocanada de aire, agotada de mí misma.

—¿Quieres jamón? —le pregunté, y arrugué el entrecejo. ¡Oh, Dios mío! Pero ¿cómo se me ocurría ofrecerle jamón a esas horas?

—Es de mala educación decir que no…

—No quieres, ¿verdad? —me reí.

—Ufff, es que Ellen me obligó a comer todo lo que preparó porque la obligué a ella a que se comiera mi pasta —explicó, mirándome con los ojos entrecerrados—. Todavía estoy sorprendido de que los botones de la camisa no hayan reventado.

Harry se notaba relajado, menos serio que otras veces y más bromista. Quise preguntarle si había estado bebiendo antes de venir. Sin embargo, algo me decía que él era de ese tipo de personas que conocían los peligros de mezclar alcohol y un volante.

—Entiendo, descuida. ¿Quieres una copa de vino? —le ofrecí.

—Puedo aceptar una —dijo.

Sonreí sin despegar los labios y dejé el ramo sobre la mesa de la sala de estar para ir a la cocina a por el vino y dos copas. No me molestaba beber otra para hacerle compañía.

Regresé a la sala y me senté a su lado. Luego serví el vino y le ofrecí una copa. Él la aceptó.

—¿Has dejado a Ellen en casa?

—Sí, no le gusta trasnochar, y tampoco le gusta mucho salir de madrugada —comentó—, pero te manda saludos y dice que espera que pronto podáis volver a veros.

—Dile que me gustaría mucho. —Asentí con una sonrisa y le pregunté—: ¿Qué habéis cenado?

—Pues… —se quedó pensando un momento—. Ellen preparó una ensalada de coles de Bruselas, *pudding* y salchichas envueltas en tocino.

—¿*Pudding*?

—Sí, a Ellen le encanta, es algo tradicional de Gran Bretaña —señaló—. Deberías probarlo.

—Me encantaría —dije.

—Anotado. —Hizo una pausa y bebió de su copa—. Y, bueno…, yo hice…, yo hice pasta.

—Me parece genial.

—Lo es —afirmó. Se acomodó las mangas de la chaqueta y giró su torso más hacia mí, como si estuviese a punto de explicar una teoría—. Es una pasta que llevo cocinando desde hace aproximadamente seis años, no es difícil de preparar, pero es especial, y Ellen y yo habíamos decidido no cocinar pavo este año.

—¿Y cocinas esa pasta en días importantes?

Cerró los ojos con fuerza y empezó a reírse a carcajadas. Al principio, me quedé confundida, aunque me contagió su buen humor y también me empecé a reír, aunque sin saber muy bien de qué nos reíamos.

—¿Qué? —dije.

—Es que… —negó con la cabeza varias veces— comimos esa misma pasta hace dos semanas.

Eso me hizo entender la razón de su risa y me cubrí el rostro con una mano. Recordé que el día que fuimos a la cafetería con su hermana ella me había dicho algo sobre su «famosa pasta», suponía que se refería a esta de la que él me hablaba ahora.

—Profesor y chef, ¿qué otras habilidades tienes?

Harry se encogió de hombros.

—Sé jugar al *hula hoop* —contestó.

—No te creo —dije, pero él asintió con la cabeza—. ¡No! ¿Lo dices en serio?

—¡Sí! —Se rio—. En mi clase de deportes era obligatorio.

—Por Dios. ¿Qué más sabes hacer?

Él se quedó pensando un instante y yo bebí un poco de vino.

—Practico esgrima.

Abrí los ojos más sorprendida aún y bajé la copa.

—¿De verdad?

—No, es mentira —dijo—, pero lo intenté. Lo que pasa es que era muy malo y dejé de practicarlo. Creo que todavía conservo el traje…

—¿Aún te queda bien?

—Lo dudo —musitó, y se acercó un poco la copa a los labios—. Sabes mucho de mí, ahora cuéntame algo sobre ti. ¿Algún deporte? ¿Eres fan del vino? ¿Qué habéis preparado para la cena de hoy? O puedes responder lo que te preguntan en orientación educativa: ¿cuáles son tus planes a corto, medio y largo plazo?

Mis mejillas ardieron y solté una risa por el tono que había usado para cada pregunta. Su acento británico era tan marcado que me hizo preguntarme cómo era que lo conservaba después de llevar tanto tiempo viviendo fuera de Inglaterra.

Pero ahora él había hecho que la conversación se centrara en mí y me estaba mirando fijamente con sus ojos miel y una sonrisa de oreja a oreja. Me sentía como si hubiera más de cien cámaras alrededor enfocadas en mí.

Habíamos salido ya varias veces, pero todavía no conocíamos ese tipo de cosas consideradas básicas del otro. Tampoco quería aburrirle, aunque Harry parecía muy dispuesto a escucharme.

Miré mi copa y luego bebí el resto de vino, dándome valor para comenzar a hablar.

—Aquella vez que salí a correr fue para despejarme la mente, pero no practico ningún deporte, lo detesto, nunca fui buena en el instituto y el entrenador siempre terminaba castigándome porque no daba las vueltas completas a la pista. —Harry se rio—. No soy fan del vino, me gustan más los cócteles.

Él levantó la mano para que pudiera cederle la palabra.

—¿Cuál es tu favorito? —preguntó.

—Dingo —respondí.

—Muy bueno…

—¡Oh, también me gusta la cerveza de jengibre! No soy aficionada a la cerveza, pero esa me encanta.

—¿Y la de raíz con vodka?

—Mmm…, pasable.

—Bueno, comprensible —dijo.

Continuamos hablando un poco de todo. Él me contó algunas cosas más sobre él, como cuáles eran sus metas y cómo había planeado su futuro mientras estudiaba en la universidad. Yo también le expliqué mis planes, pero sin ser tan específica.

Harry miró la hora en su móvil y lo escuché chistar.

—Ya es tarde, debería irme —comentó.

—Sí, claro, lo entiendo. —Me puse de pie y cogí el ramo—. Las pondré en un jarrón.

—Te ayudo —se ofreció, y se las pasé.

Fuimos a la cocina y busqué algún jarrón lo suficientemente ancho para que pudieran caber. Saqué uno blanco y le eché agua, procurando que no rebosara.

—¿Puedes… puedes meterlas? —pregunté.

—Ya, ¿no?

Terminé de colocar bien algunas hojas y lo miré sonriendo.

—Gracias —le dije.

—Tengo una pregunta.

—Dime.

—¿Por qué las gerberas son tus flores favoritas?

—Porque son como pequeños girasoles, pero de varios colores… Las hay blancas, rojas, amarillas, rosas, anaranjadas… ¡Muchos colores! —dije entusiasmada.

—¿Sabes qué significan?

Desvié la vista hacia el ramo que me había obsequiado y lo medité.

—Sé que cada color tiene su significado —murmuré.

Pude sentir que se acercó un poco.

—Sí… Las azules significan paz interior; las rojas, amor; las naranjas, momentos únicos; las moradas, fe y generosidad; las amarillas te desean que, al igual que el sol alcanza su cénit cada día, tú alcances el éxito en la vida, y las blancas representan un nuevo comienzo. Y todas juntas son felicidad. Se suelen regalar para transmitir ese sentimiento, cuando hay un nuevo comienzo en tu vida o estás pasando por un mal momento.

Me volví para mirarlo. Sus ojos hicieron contacto directo con los míos.

—¿Lo investigaste o lo sabías?

Una sonrisa de lado se dibujó en su rostro.

—Una vez, mi madre dijo que las flores favoritas de una persona hablan mucho de ella. Así que quise saber qué decían las gerberas sobre ti, y ahora sé que tú eres una gerbera amarilla.

Mi corazón se aceleró.

—¿Por qué? —susurré.

—Porque brillas más de lo que crees, Hasley.

El rubor se apoderó de mis mejillas. Una parte de mí me decía que no apartara la mirada de la suya y otra que la desviara, pero ya había huido de situaciones demasiadas veces en mi vida por timidez o por miedo, así que esta vez no quise hacerlo.

De pronto, sentí como si solo estuviéramos los dos, sin nada más a nuestro alrededor, ni objetos, ni sonidos.

Solo Harry y yo.

Bajé la vista a sus labios y quise besarlos, pero me contuve. Volví a sus ojos, indecisa, fue Harry quien terminó con todos mis pensamientos de una vez.

Me besó.

Fue un beso seguro y abrasador… No como los que se dan solo con las almas gemelas, sino de los que anulan todos los pensamientos, volviéndolos casi enigmáticos. El sabor a vino de la noche todavía habitaba en su boca y lo saboreé cuando le respondí. Sus labios me mostraron una textura suave, casi como el terciopelo.

A pesar de estar disfrutando de ese momento, en mi mente apareció el recuerdo de Luke, amenazando con romper la magia de ese instante.

Harry movió los labios una vez más y me alejé, asustada por todos los recuerdos que de repente revoloteaban en mi cabeza. Desvié la mirada al suelo, excusándome, sugiriéndole que ese beso no había sido buena idea. Apreté los dientes y sentí que el corazón estaba a punto de salírseme del pecho.

Nos mantuvimos en silencio unos segundos. Solo escuchaba su respiración, y yo lo único que quería era huir.

—Será mejor que me vaya —dijo él, siendo el primero en hablar.

Parpadeé.

—Sí… —coincidí, sin atreverme a mirarlo.

Él carraspeó y pasó por mi lado.

Mi cabeza seguía dando vueltas, confundida por lo que había pasado hacía unos momentos. Cogí una bocanada de aire y lo seguí.

Mi vista se dirigió a su espalda y observé cómo abría la puerta.

—Hasley.

—¿Sí?

—Perdona si te he incomodado —dijo.

—No… —Reí, nerviosa—. Descuida.

—Buenas noches.

Me atreví a levantar la vista.

El color miel de sus ojos me capturó.

—Buenas noches.

Sonrió, enseñándome sus hoyuelos.

—Diane.

Le devolví el gesto y, antes de que se girara hacia su coche, agregué:

—Beck.

CAPÍTULO 23

Al principio, lo más difícil para mí era levantarme de la cama. Me despertaba y me quedaba mirando el techo pensando: «Por Dios, tengo que levantarme, debo ponerme de pie y mirar la vida pasar». Sentía que me dolía todo el cuerpo y mi corazón se esforzaba en fingir que no estaba harto de latir —le dije a Rose, quien me miraba a través de la pantalla del portátil.

Había aceptado que tuviéramos una sesión virtual, y se lo agradecí, porque de verdad la necesitaba. Necesitaba contarle lo que pensaba y hablarle de todas las emociones que había sentido esos días.

No quería invadir su espacio familiar en esas fechas porque era consciente de que en Navidad buscamos alejarnos de la rutina y compartir momentos con nuestros seres queridos, pero, al parecer, a ella no le importó que le hubiese pedido hacer una sesión por videollamada, tan solo una, unos días antes de Año Nuevo.

Me tiré de las mangas del jersey, esperando a que Rose dijera algo. La vi ojear algo a su lado unos segundos y luego volvió a mirarme sonriendo a medias.

—Al principio… —repitió—. ¿Y ahora?

—Ahora lo más difícil es… —dejé la frase suspendida, dudando un poco— aceptar que últimamente me he sentido bien.

—¿Por qué?

Me mojé los labios y tragué saliva con dificultad.

179

¿Por qué? Sí. ¿Por qué me sentía así?

Por muchas cosas, pero una de ellas era que una parte de mí se sentía culpable y me decía que estaba traicionando a alguien.

—Porque pienso que me siento así solo por el momento que ahora estoy viviendo, no porque en realidad esté avanzando. Cuando soy feliz, pienso lo bien que me siento, pero luego me aterra saber que eso no durará y me saboteo. Me saboteo porque si un día me siento feliz, sé que después volveré a caer.

—¿Y eso es lo que sucede?

—A veces…

Rose mantuvo sus ojos sobre los míos, a pesar de que yo desviaba la mirada en algunas ocasiones.

—Dejas de disfrutar la felicidad que sientes en un momento determinado porque piensas que se acabará —indicó—. Hay una parte de ti que se aferra al «Esto saldrá mal».

Apreté los dientes. No sabía si contarle lo que me estaba pasando. ¿Quería hablarlo con ella? Por supuesto que sí, por eso le había pedido la sesión, para explicárselo todo.

—Rose —llamé su atención.

—Dime, Hasley.

—Estas vacaciones… —murmuré— he conocido a alguien.

Vi que anotaba algo e hice un esfuerzo por no sentirme como el objeto de su experimento. Solo me ayudaba y yo quería que lo hiciera.

—¿Quieres hablarme de ello?

Me mordí los labios y asentí.

—Sí.

—Bien, te escucho.

—Lo he conocido hace poco y eso me genera inseguridades. Hablamos un poco a finales de octubre y luego tuvimos nuestra primera conversación a mediados de noviembre… Está mal, ¿verdad? —pregunté—. Ay, ni siquiera debería, yo no, yo no…

—Hasley, Hasley —me interrumpió—, el tiempo no pone reglas. No está mal, no…

—Lo he besado —dije de repente.

Rose elevó una ceja, pero rápidamente disimuló y se mantuvo en silencio para que yo continuara.

—Lo besé y me gustó —admití. Me cubrí la boca con ambas manos, avergonzada—. Por un instante disfruté del beso, pero luego me acordé de Luke...

—¿Te sientes confundida?

—Mucho.

—¿Porque te ha gustado el beso...?

—Sí...

—¿Sí?

Recordé aquella madrugada, sintiendo todavía los labios de Harry sobre los míos, con ese sabor a licor y textura suave.

Sonreí, tal vez bobamente.

—Me encantó.

—¿En serio?

—Ajá —balbuceé—. Fue un beso bonito y sutil... Y hoy me he despertado preguntándome si volveríamos a besarnos en algún otro momento. Por favor...

Cerré los ojos y negué, riéndome de mí misma.

De pronto, mi expresión cambió al recordar que íbamos demasiado rápido, que no debía ilusionarme después de la experiencia que había tenido hacía unos años.

Una vez más, el recuerdo de Luke.

Antes, recordarlo me hacía mantenerme de pie y esforzarme a levantarme cuando me despertaba por la mañana. Sin embargo, ahora dejaba de darme paz y me atormentaba cuando alguien me hacía sentir bien y feliz.

—¿Qué ocurre? Tu expresión ha cambiado...

Suspiré.

—Me siento mal por haber disfrutado del beso que me dio Harry. No quiero traicionar a Luke, y mi subconsciente lo mantiene presente en mis pensamientos.

—No estás traicionando a Luke. Estás siendo feliz. Vivir significa sentirse bien con todo lo que hagas y, aunque suene duro, quien tiene una vida por delante aquí eres tú.

—Lo sé.

—Muéstrale al mundo que eres una guerrera.

—Pero no soy la mejor —me burlé, escondiéndome de la cámara.

—Para mí lo eres —dijo.

—Lo dices porque eres mi psicóloga —comenté frunciendo el entrecejo.

Rose negó con la cabeza, divertida.

—Lo digo porque sé que lo eres —afirmó—. Me gustaría saber más sobre *él*.

—¿De verdad?

—Venga, me interesa.

Apreté los labios y tuve que esforzarme para no sonreír como una boba al recordarlo.

—Es el hermano de una paciente de mamá. Es muy agradable. —Me di cuenta de que solo hablar de él hacía que me pusiera nerviosa y me reactivara—. Es muy serio, pero bueno, tal vez solo cuando la situación lo precisa… Le encanta el café… —Me reí—. Tiene un bonito acento británico y unos ojos… que hipnotizan.

—Bueno, parece que es muy guapo —dijo esgrimiendo una sonrisa.

—Lo es —afirmé, y me sonrojé—. Cada vez que sonríe se le forman unos preciosos hoyuelos en la cara. Eso me gusta mucho de él, pero también me encanta su voz, tan suave, y lo bien que le sientan los trajes…

Apoyé un codo en el escritorio y la barbilla en el puño. Rose, por su parte, se mantenía atenta a todo lo que decía o hacía.

—¿Cómo te hace sentir?

—¡Ufff! —exclamé—. Especial. Me presta atención… Hemos hablado de las cosas que nos gustan, me ha enseñado cosas que parecen simples, pero que son importantes… Y ahora hasta me ha empezado a gustar mi segundo nombre…

—¿Diane?

—¡Sí! Me gusta cómo suena cuando él lo dice. Como si fuera la letra de tu canción favorita, que por más que la escuches seguirá siempre generando las mismas emociones.

En mi cabeza, volví a escuchar su voz y eso hizo que mi sonrisa se agrandara.

No me había parado a pensar sobre lo que sentía por Harry o lo que sucedía entre nosotros, ya que temía la respuesta. Pero ahora tuve que mantener mi guardia en alto, pues sabía que Rose sí lo haría.

—¿Te gusta? —me preguntó.

Me quedé en silencio.

Quise negar que me gustaba o protestar por el hecho de que me hiciera semejante pregunta, pero no lo hice. Bajé la cabeza, apenada, y el rostro me ardió cuando su pregunta volvió a repetirse.

—¿Te gusta, Hasley? —insistió.

—He aceptado cosas que antes no me gustaban de mí —murmuré—. Me gusta… que me haga sentir de nuevo.

—¿Tienes miedo?

—Mucho —musité, mirándola.

Ella asintió.

—Es normal sentir miedo, Hasley —me aseguró—. El miedo es una emoción que todos los humanos experimentamos. Sentirlo no quiere decir que seas cobarde. No obstante, cuando comienzas a saber controlarlo, te conviertes en alguien valiente. Sientes miedo porque hay cambios en ti y todo se mueve de lugar. Es como si fueras cada día a tu restaurante favorito y pidieras siempre el mismo menú, pero un día, por lo que sea, decidieras pedir platos diferentes aun temiendo que no te gusten tanto como los habituales… Pero te arriesgas porque eres consciente de que eso no lo sabrás hasta que no los pruebes. Solo cuando pruebes los nuevos darás un paso hacia delante.

—¿Y si no me gustan? ¿Qué pasa con el arrepentimiento?

Rose sonrió.

—Vas otro día, pides el mismo menú y listo. No pierdes nada, al contrario, ganas una experiencia. Siempre hay que verle lo bueno a todo lo malo, sacarle un «Bien, por lo menos he aprendido esto».

La conversación que tuve con Harry cuando me habló un poco sobre su vida me llegó como un *flashback*, y la palabra salió de mi boca.

—Resiliencia.

—Sí —confirmó—. Los cambios dan miedo, Hasley. Perder puede llegar a asustar, pero si nunca te enfrentas a tus miedos, te impides avanzar.

—Pero es que… —dudé—, es que no quiero volver a sentir que un día lo tengo todo y… al otro…, al otro no tengo nada.

—Aprende a disfrutar, Hasley. No te puedes pasar el resto de tu vida lamentándote, debes disfrutar de todo lo que la vida te ofrece. Te daré un consejo —señaló—: vive cada día de tu vida como si fuera el último, ama como te gustaría ser amada y ríe, ríe demasiado hasta que lo único que te duela sean los músculos de la cara, pero no los del corazón.

CAPÍTULO 24

L a conversación con Rose me resultó más útil de lo que había pensado. Sonaba absurdo, pero necesitaba que alguien me dijera que lo que comenzaba a sentir y hacer no estaba mal.

Muchas veces nos aferramos al pasado porque creemos que eso es lo mejor para nosotros, aun cuando, haciéndolo, nos impidamos disfrutar de la vida, vivir nuestro presente y valorar lo que ocurre a nuestro alrededor. Seguir mirando hacia atrás nos impide ver las oportunidades que la vida nos pone delante.

«Aprender a soltar también es amor».

Qué gran verdad.

Hasta ese momento no me había dado cuenta de que, por haber estado buscando a Luke en todas partes, yo me había perdido.

Puse mis cosas a un lado de la mesa y me senté. Los claveles del centro de mesa eran de un rojo tan intenso que dejaba el verde de sus tallos en segundo plano.

Levanté la cabeza y vi entrar a Harry. Iba a levantar la mano para que me viera, pero él me localizó rápidamente y, de inmediato, una sonrisa iluminó su cara, y entonces yo también sonreí.

Al ver que Ellen no lo acompañaba, fruncí el ceño. Les había propuesto que comiéramos los tres en ese restaurante. Me lo había recomendado Amy hacía un tiempo. También había invitado a mi madre a venir, pero me había dicho que tenía cosas que hacer en casa.

—Hola, me he retrasado un poco —dijo, tras darme un beso en la mejilla.

—Descuida. Acabo de llegar… ¿No ha venido Ellen?

—No se encuentra bien.

Me alarmé.

—¿Ella…?

La idea de que fuera una recaída me puso los pelos de punta.

—Tiene dolor de estómago, tranquila —dijo, sentándose—. Tuvo la grandiosa idea de desayunar pizza fría de hace tres días, no le sentó nada bien y se ha quedado en casa.

—Quizá tendrías que haberte quedado con ella —dije, esgrimiendo una sonrisa.

Harry apretó los labios.

—Se lo propuse, pero al momento me dijo que no. Puedo decir que, prácticamente, me ha echado de casa. —Puso los ojos en blanco—. Además, me apetecía verte, así que le he comprado un medicamento y le he pedido que descanse.

—Bien, espero que se recupere pronto y que deje de comer pizza refrigerada.

—Ufff —suspiró—, ese es mi objetivo ahora. Le gusta comer las cosas frías.

Me reí. Recordé que Zev y yo solíamos hacer lo mismo cuando llegábamos a mi casa y mamá tenía ensalada, hamburguesas y pedazos de pizza en la nevera. A ninguno le gustaba calentar las cosas, así que terminábamos comiéndonoslas frías.

El tema de Ellen volvió a mi cabeza y tuve algunas dudas, pero no estaba segura de si debía preguntarle a Harry al respecto.

—Oye, no quiero ser una entrometida, pero… ¿ella está bien? Quiero decir…,

—Sí —me interrumpió, entendiendo a qué me refería.

—¿De verdad?

—Sí. Ha sido un año difícil para ella, pero está mucho mejor; se está esforzando mucho para salir adelante.

—Y lo hará bien.

—Es lo que más deseo. Quiero que sea feliz, de verdad. No sabes cuánto ha mejorado… Los primeros meses fueron horribles… Se despertaba llorando, se culpaba por lo que había pasado, todo le daba miedo y… —Harry meneó la cabeza, arrugando el ceño, como si recordar le resultara muy desagradable.

—Lo siento mucho, no quería entristecerte —murmuré—. Desde luego que Ellen no tiene por qué sentirse culpable de lo que le ocurrió.

—Fue horrible… —murmuró.

—Harry, si no te gusta hablar de este tema, no deberías hacerlo. Puedo entenderlo perfectamente, discúlpame, en serio…

—No, quiero contártelo.

—¿Por qué?

—Porque estoy cansado de desahogarme con la ducha.

Arrastré mi mano sobre la mesa y la puse sobre la suya. Harry miró el agarre y luego a mí.

—Te prometo que te prestaré más atención que la ducha —dije por lo bajo.

Él se rio sin muchos ánimos y bajó la mirada a la mesa antes de volver a mirarme a mí.

—Lo que le sucedió a Ellen significó el fin de mi compromiso.

Apreté los dientes.

—Iba a casarme. Mi novia y yo llevábamos un año de relación, pero… ocurrió lo de Ellen. Yo necesitaba estar con mi hermana, quería estar a su lado porque estaba pasando por algo muy difícil, así que decidí posponer la boda, pero eso no le gustó a mi ex y me dijo que tenía que elegir entre ella y mi hermana.

—¿De verdad? —dije incrédula, frunciendo el ceño.

¿Cómo alguien podría hacer algo así?

—¿Sabes?, aprendí que hay muchas personas que están en tus mejores momentos, pero no todas están en los peores.

Asentí. Entendía lo que quería decir.

—Pasa mucho —musité.

—Ellen se volvió mi prioridad sobre todas las cosas. Es demasiado duro escuchar decir a una de las personas a las que más quieres decir que desea morirse. Creo que quienes arruinan la vida de otros de una manera tan baja no deberían ser considerados humanos —siseó. Parpadeó para eliminar las lágrimas que amenazaban con escapársele de los ojos—. El juicio será en enero. Lo único que quiero es que todo esto termine porque sé que Ellen lo está pasando muy mal.

—Todo irá bien. Esta pesadilla pronto terminará —le aseguré—. Créeme que se hará justicia.

Me dedicó una pequeña sonrisa.

Cuesta entender la maldad que hay en el mundo. ¿Cómo es posible que algunos seres humanos sean capaces de hacer daño conscientemente a otros? A lo mejor Harry tenía razón, y era porque no se los podía considerar humanos.

¿Cómo era posible tanta maldad, tanta malicia?

Nos diferenciamos de otras especies por tener la capacidad de razonar, de pensar y de aprender, pero algunas personas actúan como animales, como monstruos salvajes. Aprovecharse de seres indefensos es uno de los pecados más grandes de esta vida.

Me parecía repugnante que hubiera gente que se creyera con derecho de poder decidir sobre la vida de otra persona, como si esa persona le perteneciera y pudiera hacer lo que quisiera con ella. Las personas no somos objetos. No somos terrenos. No somos propiedades. Somos libres. Y eso nadie lo puede cambiar.

Cautelosa, miré a Harry. Nos habíamos quedado en silencio. Él ladeó la cabeza y miró las bolsas que yo tenía a mi lado.

—¿Qué has comprado? —fisgoneó.

—Bueeeno —canturreé, tratando de aligerar el ambiente—, he ido a comprar un regalo para mi madre —dije, omitiendo que también tenía uno para él— y he tenido la grandiosa idea de comprar un árbol.

—¿Un árbol? —preguntó confundido.

Me disponía a contestarle cuando alguien me interrumpió.

—Buenas tardes, ¿qué van a tomar? —dijo un chico con uniforme.

Harry me cedió la palabra con una seña.

—Yo una ensalada caprese y un café *latte* —dije mientras miraba a los ojos a Harry. Ese era mi café favorito.

—Para mí una pasta Alfredo y una copa de vino tinto.

—¿Es todo?

—Y una jarra de agua con hielo, por favor —agregó Harry.

—Claro. En unos minutos les traeré sus platos —dijo el camarero antes de alejarse de la mesa.

Observé cómo las comisuras de los labios de Harry se elevaban.

—¿Ahora tú serás la adicta a la cafeína? —se burló.

—Y tú eres el culpable.

—No negaré que eso me enorgullece —admitió.

Negué con la cabeza, divertida.

—Me estabas hablando de un árbol, ¿no? —me recordó.

—Ah, sí, se me había olvidado. Bueno…, cuando empecé mis sesiones de terapia, Rose, mi psicóloga, me dijo que llegaría un momento en el que sanaría desde la raíz y comenzaría a vivir de nuevo…

Me detuve.

Jamás se me había pasado por la cabeza que llegaría a hablar de mis sesiones de terapia con alguien que no fuera mi madre o Neisan, pero ahora, en ese escenario, me sentía con la confianza suficiente para hablar de ello con Harry.

Y noté que me sentaba bien hacerlo.

—Cuando un árbol nace, su crecimiento puede llegar a ser difícil. Primero, sus raíces intentan extenderse y en el proceso pueden encontrar obstáculos, pero no por ello se detiene.

Mientras iba hablando, Harry me observaba con mucha atención, como si estuviera analizando cada una de mis palabras para poder entenderme. ¿Me estaba poniendo nerviosa? Por supuesto, pero me sentía segura al confiar en él porque nunca me juzgaba ni me tomaba en broma.

—Cuando comienza a avanzar más allá del hueco donde alguien plantó su semilla, un fragmento de él ve la luz y entonces el agua del riego empieza a ser muy importante porque, a partir de ese momento, seguirá creciendo y aparecerá su tronco, sus ramas, sus hojas, su copa...

Él me sonrió con ternura.

Se acercó a nuestra mesa el mismo camarero y dejó la jarra de agua a un lado de los claveles, no sin antes verter un poco en el vaso de cada uno.

Cogí el mío y bebí. Harry se mojó los labios y recostó su espalda contra el respaldo de la silla.

—El árbol eres tú —concluyó.

Asentí.

—Sí.

—Me parece muy bonito, Hasley —señaló—. Es una de las metáforas más hermosas que he escuchado o leído. Puede que incluso sea la mejor.

—Tampoco se trata de mentir —lo ataqué, enarcando una ceja.

Él se rio, negando.

—Joder, lo digo en serio —insistió.

Entrecerré los ojos, echándole una mirada acusatoria.

—De acuerdo.

—Gracias —dijo con ironía.

Ambos bebimos de nuevo al mismo tiempo, cosa que me causó gracia. Sequé las esquinas de mi boca con la servilleta y me atreví a hablar.

—Además, así ayudo con la reforestación —bromeé.

Harry se carcajeó, haciéndome vibrar por dentro.

—Siempre piensas en todo, ¿no es así?

—No siempre —dije, alzando el mentón—, pero me esfuerzo en hacerlo. He pensado que lo mejor es ir paso a paso, no tengo prisa.

—Tienes razón. Recuerdo que mi padre me decía: «Harry, Harry, haz las cosas con calma. Nadie te está metiendo prisa». Y puedo decirte lo mismo a ti. Ya has pasado por muchas tormentas en tu vida, ahora disfruta de la calma.

Lo último lo dijo en voz baja, como si estuviera contándome un secreto. Fue como si le susurrara a mi alma que comenzaba a repararse.

«Quizá solo tienes que atreverte a volar por primera vez. ¿Qué sería de la vida sin las personas que se atreven a explorar lo desconocido? No tendríamos respuestas para muchas cosas».

—¿Te gustaría que pasáramos Año Nuevo juntos? —dije de repente, sin pensármelo demasiado, para no poder echarme atrás. Por un momento, creí que diría que no. Sin embargo, fue todo lo contrario. Se sorprendió.

—Bonnie, Ellen y nosotros, ¿no? —dijo.

Esbocé una sonrisa.

—Ajá. A mí me encantaría, pero supongo que ya debes de tener algo planeado, así que…

—Hasley —me interrumpió.

Me callé. Noté que me sudaban las palmas de las manos.

—¿Qué?

—Me encantaría pasar Año Nuevo con vosotros. Acepto.

Mis mejillas ardían. Asentí, bajando la mirada un poco. Dios, ¡qué calor! ¡Había aceptado! Me resultaba increíble, y lo malo era que ahora no sabía cómo lidiar con ello.

Bebí lo último que quedaba de mi vaso de agua e intenté relajarme. Cuando estuve lista, lo miré de nuevo.

Sus ojos de color miel conectaron con los míos.

—Beck —dije.

—Diane.

Le sonreí. Me encantaba escucharlo pronunciar mi segundo nombre.

—Gracias por haber hecho que pasara un magnífico mes de diciembre.

CAPÍTULO 25

Uno de enero.

Como habíamos planeado en aquel almuerzo, mamá, Harry, Ellen y yo habíamos pasado Año Nuevo juntos. Había sido un desastre, pero muy entrañable.

Cada uno cocinó algo para que la cena fuera variada.

Pensé que tardaría más en probar la pasta de Harry, sin embargo, él llegó a casa dispuesto a que saboreáramos su plato estrella. Ellen lo había llamado «su as en la manga», porque originalmente habían pensado preparar un pavo, pero al final no les había dado tiempo.

¿Me conquistó con su pasta? En efecto, y también a mamá.

Y ahora, en el primer día del nuevo año, había dejado de pensar en cómo serían las cosas si en el pasado hubiera tomado las decisiones correctas; ya no me lamentaba, ni mucho menos intentaba culparme o culpar a alguien.

No quería aferrarme al recuerdo de Luke ni ser una persona muerta en vida. Me había prometido salir adelante, y también se lo prometí a él en algún momento. Tal vez no me viera ni me escuchara, pero yo quería creer que lo hacía, y que el camino que había comenzado a andar tenía sentido y valía la pena.

Quise amarlo en vida y habría querido seguir haciéndolo, pero Luke ya no estaba y nunca regresaría a mi lado… Era hora de rehacer mi vida con otra persona, de aprovechar las oportunidades que se me presentaban y de dejar de desperdiciarlas.

Muchos dicen que el tiempo sana las heridas, pero creo que eso no es del todo cierto, que no es el tiempo el que las sana, sino las personas. O, mejor dicho, una persona en especial. Esa que sabe darte la mano y despertarte de nuevo a la vida, que cura con caricias tus heridas o besa tus cicatrices, que comprende tu pasado y ama tu presente.

No te ayuda quien se adentra contigo al hoyo, sino quien busca la forma de no caer y sacarte de allí.

Luke había caído por mí.

Pero yo había aprendido de mis errores.

Desgraciadamente, no podía enmendarlos, y me quemaban y me hacían sentir miserable. Pero ya estaba harta de sentirme así. Quería vivir de nuevo. Vivir bien.

No me estaba lanzando a los brazos de la primera persona que se había cruzado en mi camino, para nada. Nunca me había liado con nadie desde que Luke había muerto. Sin embargo, con Harry todo era diferente. Las cosas habían cambiado y comenzaba a pensar y a sentir de otra forma.

Con el tiempo, dejé de sentirme culpable cuando salía con él, o cuando nos sentábamos en el sofá de mi casa para hablar de algún recuerdo de la infancia, o cuando me invitaba a cenar o a desayunar. Me agradaba la idea de que me integrara en sus planes y en sus salidas, y también me hacía sentir importante cuando me hablaba de su trabajo.

Todavía hay días en los que quiero estar sola, para pensar, soñar, sentir y… hablar.

Como hoy. Había apagado el móvil para evitar tener que contestar llamadas. Sin embargo, para no preocupar a mi madre, le había dejado una nota en el comedor, diciéndole que estaría bien, que regresaría temprano, que solo necesitaba hacer una cosa.

En ese momento estaba en el boulevard. Hacía tiempo que no iba. Casi un mes. Los árboles habían dejado de ser frondosos y la hierba se había secado y estaba cubierta por una ligera capa de arena. En algunos árboles se veía cómo la resina se escurría por el tronco hasta llegar al suelo.

El cielo seguía teñido de un color grisáceo con nubes ocultando el sol. Me sorprendía que aún no lloviera estando el clima tan descontrolado.

El año anterior había llovido todo diciembre y a inicios de enero se había desencadenado una tormenta tropical, que había acabado convirtiéndose en una llovizna que se había negado a abandonar la ciudad durante mucho tiempo.

Miré cada rincón de aquella calle y sonreí. Un sinfín de vivos recuerdos me invadieron y me sentí feliz de haber podido conservar todos los detalles. Aún podía recordar su olor, su voz y la manera en la que sus dedos rozaban mi piel.

Me abrazaba a mí misma para disfrutar de la sensación reconfortante que el callejón me hacía sentir. Al menos podía brindarme eso.

El lugar se había deteriorado, pero recordé que Luke me había dicho que era algo que siempre ocurría en verano, así que quería creer que pronto volvería a ser un boulevard tan hermoso como lo recordaba, con sus árboles llenos de hojas, las flores relucientes y el césped verde y vivo.

Antes de dejar la calle, miré por última vez y sonreí. Noté que mis ojos comenzaban a llenarse de lágrimas, pero ya no eran de dolor, hoy nacían por la nostalgia. Así que, sin más que hacer allí, me fui.

CAPÍTULO 26

Miré a Harry y vi que él estaba mirando con el ceño fruncido la escena que mi madre y mi mejor amigo estaban protagonizando.

Me reí por lo bajo.

Me parecía chistosa la forma en la que sus cejas se arqueaban y su nariz se arrugaba, intentando entender la situación. Se volvió hacia mí y relajó el gesto, dedicándome una sonrisa cómplice y haciéndome una señal para que saliera afuera.

—Permiso.

Harry fue el primero en ponerse de pie, dejó la servilleta sobre la mesa y se alejó. Ellen lo miró confundida.

—Vuelvo en un momento —avisé.

—Vale, cariño —contestó mamá.

—Ellen, acompáñame —le dije para que viniera con nosotros.

Ella asintió.

Neisan me lanzó una mirada de ayuda, pero yo negué con la cabeza. Prefería huir.

Sabía que yo había provocado ese interrogatorio, pero Neisan necesitaba urgentemente una charla sobre la decisión tan descabellada que estaba a punto de tomar: cambiar de carrera. De nuevo. Apreté los labios y le saqué la lengua de forma burlona. Me puse de pie y nos fuimos los tres.

Me acerqué a Harry y me dedicó una sonrisa de lado.

—Creo que necesitan hablar a solas —dijo—. Tu madre es muy controladora con las personas que le importan.

—Lo es, pero en realidad se preocupa más de lo que intenta controlar. Solo pregunta para tener la información exacta. —Me reí—. Siempre hace lo mismo. Sé que lo convencerá.

—Está un poco intensa la situación —agregó Ellen.

Harry asintió y nos mantuvimos en silencio durante un largo rato. Sus ojos miel me miraban de soslayo. Separé los labios para decir algo, pero él habló primero.

—¿Iré contigo a Melbourne?

—¿Qué?

—Puedo llevarte a Melbourne —corrigió.

—¿Por qué?

—Porque me gustaría hacerlo.

—Pero… ¿y Ellen?

—Desde luego que me olvidará —murmuró ella.

—Jamás lo haría, adonde vaya yo, tú vendrás conmigo —indicó—. Además, el viaje nos servirá para distraernos. Pronto comenzará el juicio y tendremos que regresar.

—El juicio… —recordó Ellen. Su voz se apagó.

—Hey, Ellen. —Harry se acercó a su hermana y la abrazó—. Todo saldrá bien.

—Seguro que sí —la animé—. Estoy segura de que ganaréis el juicio. No te desanimes, ¿vale? Estamos contigo.

Ella apretó los labios y se dejó abrazar por su hermano. Les sonreí enternecida. Los dos hermanos se demostraban afecto a menudo y a mí me resultaba adorable.

—Si Dios quiere, a mediados de este año, Ellen solicitará plaza en la universidad.

—¿Sí? —pregunté, enarcando una ceja—. ¿Qué quieres estudiar?

—Medicina —respondió.

La miré sorprendida.

—Increíble, estoy segura de que aprobarás el examen de admisión.

—Por supuesto que sí —coincidió Harry, y luego se volvió hacia mí apuntándome con un dedo—. Dime más tarde el día en el que piensas volver a Melbourne. Aprovecharé para preparar algunas cosas. Mis alumnos no entran hasta febrero, así que tengo tiempo de ir organizándome.

—¿En serio me llevarás?

Ladeó la cabeza y sonrió.

—Sé que quieres que lo haga.

Le sostuve la mirada. Tenía razón. Sí quería. Las mariposas en mi estómago danzaban de un lado a otro y mis emociones chocaban entre ellas. El que me demostrara que yo era importante para él me hacía sentir muy especial.

Los recuerdos de Luke me habían dejado de doler gracias al arduo trabajo que había hecho en terapia y también gracias a lo que Harry me ayudaba, a lo que me decía y a sus gestos. Me estaba acostumbrando a él. No quería por nada del mundo que eso cambiara porque comenzaba a quererlo de verdad.

Quería a alguien que no era Luke.

Y eso me gustaba.

—Harry, has hecho un montón de cosas por mí. Dejar que me lleves a Melbourne será solo una más…, así que me parece bien. También me parece bien que me pases a buscar por casa y me lleves a clase cada día… —bromeé.

—Aunque lo hayas dicho de broma, es lo que tengo pensado hacer. Tendremos que coordinar nuestros horarios una vez que yo empiece mis clases.

Me sonrió.

Me ardían las mejillas. No podía evitar sonrojarme cada vez que me decía algo así y, de alguna manera, a mí me encantaba y a él también. Adoraba que tuviera ese efecto sobre mí, y a él le encantaba tenerlo.

—Acepto —dije finalmente.

—Vuelvo en un momento —avisó Ellen, separándose de su hermano.

Cuando se alejó, Harry se volvió hacia mí.

—Tengo algo que darte —anunció.

—¿A mí?

—Ajá, sí.

—Bien, yo también.

Él frunció el ceño.

—¿Qué?

—¿Hacemos intercambio? —inquirí.

—Mmm… —dudó—. Acepto, iré a por ello.

—Yo también. Voy a mi habitación. ¡No tardaré nada!

Corrí escaleras arriba y busqué la caja con envoltura verde y lazo rojo. Antes de salir, la apreté contra mi pecho. La emoción que sentía era evidente.

Uy.

Inseguridades.

¿Y si no le gustaba? ¿Y si él me regalaba algo de más valor? Lo mío no era un regalo caro, pero… era algo muy especial para mí.

Sacudí la cabeza para deshacerme de todos los pensamientos negativos que comenzaban a apoderarse de mí y salí de la habitación. Alcancé a Harry entrando por la puerta principal y me acerqué a él. No llevaba nada en las manos y me sentí confundida.

—¿Preparada?

—Sí.

—Tú primero.

—¿Seguro?

—Seguro.

Le tendí la caja y él comenzó a abrirla. Nerviosa, empecé a jugar con mis dedos. Por un instante, deseé quitárselo y salir huyendo de allí.

Harry sacó una de las tres cosas que estaban dentro. Lo escuché soltar una pequeña risa.

—¡Corbatas! —dijo.

—Para que las lleves cuando des clase… ¿Ya te he dicho que te sientan muy bien los trajes?

—Es la primera vez que me lo dices. —Los hoyuelos en sus mejillas aparecieron—. Muchas gracias.

Negué con la cabeza y le señalé la caja para que continuara mirando lo que había. Dejó sobre el sillón las corbatas y me enseñó lo segundo.

—Esta es… ¿mi bufanda?

—La que me diste en el cementerio, la he lavado.

Ahí, él ya no pudo contener su carcajada. El hecho de que le regalara una cosa que era suya le resultó muy gracioso.

—¿Por qué me la devuelves?

—Porque es tuya.

—No, no. Yo te la di para que te la quedaras, desde ese momento se convirtió en algo de tu propiedad. Te la regalé para que sintieras un poco de calor y seguridad.

—Pues tuviste éxito —afirmé.

—Me doy por satisfecho —admitió. Volvió a la caja y sacó lo último que contenía. De hecho, el regalo más pequeño de los tres. Harry lo puso frente a su cara y lo examinó con la mirada—. ¿Un prendedor de pelo?

—Uno muy bonito.

—¿Tú crees que me sentará bien?

Entrelacé los dedos y me llené de valor para hablar.

—Quiero que lo conserves. Ese prendedor significa mucho para mí. Lo compré un día en el que los recuerdos comenzaron a dejar de dolerme, un día en el que me atreví a hacer cosas que hacía años que había dejado de hacer, un día en el que tuve el valor suficiente de ir a un lugar en el que antes me echaba a llorar solo al ver su letrero.

Di un paso hacia él y dibujé una sonrisa sincera. Harry me escuchaba con atención.

—Creo que desde ese día comencé a florecer de nuevo —dije en voz baja.

Lo observó y yo también lo hice.

No fue casualidad que escogiera ese prendedor de pelo adornado con flores. Después de tanto tiempo creyendo que hacía las cosas mal, sentir que todo estaba bien me daba paz.

Harry volteó el prendedor y se lo sujetó al bolsillo de su camisa.

—Y has florecido de una forma increíble. No me equivoqué cuando te dije que brillas como una gerbera amarilla —agregó.

Me sonrojé.

—No es mucho, pero…

—No digas eso —me interrumpió—. Que me hayas dejado entrar a tu vida significa mucho para mí.

Se acercó y me abrazó. Noté el olor a café y cerré los ojos para disfrutarlo mejor. Me gustaba tenerlo cerca de esa manera. Era ancho y su cuerpo estaba muy tonificado. Yo era como un pequeño pedazo de tela que podía estrujar con facilidad.

Nos separamos un poco y alcé la vista hacia él. Sus ojos brillaban. Nuestros rostros se encontraban a pocos centímetros de distancia. Varios pensamientos invadieron mi mente mientras me centraba en sus labios y sentía temblar los míos. Me puse de puntillas y entonces él se acercó más para sellar nuestros labios.

Los suyos eran suaves, cálidos y seguros. El sabor a café se coló en mi boca y lo saboreé. Cerré los ojos para disfrutar aún más el momento, un momento libre del sentimiento de culpa y en el que me sentía segura y feliz.

Aquel beso me hizo sentir cada ala de las mariposas de mi estómago. Un mundo de sensaciones y sentimientos florecieron, haciendo que ese instante fuera especial y —casi— nuevo para mí.

Nos separamos.

Me sentía nerviosa y tímida. Harry no dijo nada, pero llevó una mano detrás de mi cabeza y me acercó a su pecho. Mi mejilla descansó ahí un momento, con cuidado deslicé mis brazos por su torso y lo abracé.

—Ahora me toca a mí —anunció.

Me alejé un poco y lo vi sacar del bolsillo de su pantalón una cajita negra con relieves plateados. Mi corazón se aceleró y palidecí.

La cogí para abrirla.

—¿Sabías que en América los guacamayos se consideraban la encarnación del sol?

Mientras lo desenvolvía, traté de imaginar qué podía ser.

—Te gusta mucho investigar, ¿no?

—Un poco —admitió—, pero ¿sabes qué es lo más admirable e interesante de los guacamayos, aparte de sus colores?

—Cuéntame, licenciado Beckinsale —bromeé mientras sacaba una pulsera de la cajita. Tenía pequeñas aves alrededor que colgaban, algunas se daban la espalda, pero llegaba un punto del patrón en el que se encontraban de frente.

—Son un tipo de aves que simbolizan el amor, representan el respeto y la fidelidad. Se consideran monógamas.

—Solo tienen una pareja durante toda su vida —indiqué.

—Exacto.

Entrecerré los ojos.

—¿Qué intentas decirme?

—Me gustaría volar contigo, no prometo que todo nos saldrá bien, pero sí que me esforzaré para que así sea. Te regaré siempre para que florezcas mejor que el día anterior. Cuando te sientas mal, me sentaré a tu lado sin hacer ruido, para que sepas que no estás sola, porque toda flor tiene a veces días malos. Y, sobre todo, será un placer compartir mis lugares favoritos contigo.

Había arrebatado mi voz por completo. Estaba intentando procesar que todo lo que había dicho se resumía en un: «¿Quieres ser ni novia?».

Esa propuesta había sido abismal.

Tragué saliva y parpadeé. De pronto, noté los efectos de sus palabras: el corazón me dio un vuelco, la cara me ardía y pequeñas lágrimas amenazaban con desbordar mis ojos.

Le sonreí y asentí en silencio, incapaz de hablar. Temía que mi voz se quebrara a media frase. Lo abracé, cerré los ojos y hundí mi cara en su pecho. Me sentía en paz.

—Sé que ya te lo he dicho muchas veces, pero jamás me cansaré de repetirlo —susurró. Guardó silencio para tomar una respiración profunda y después lo soltó: —Me gusta tu aroma, Diane.

Sonreí sobre su camisa.

Por primera vez, después de tanto tiempo sin aceptarlo, amaba cómo alguien pronunciaba mi segundo nombre, haciéndome olvidar que durante varios años —si no desde que tenía memoria —lo había odiado.

Definitivamente, Harry Beckinsale podía escoger el cielo más gris y pintarlo de azul.

Y él me había escogido a mí.

CAPÍTULO 27

L a mañana de mi último día en la ciudad la había visualizado de otra forma, pero esta vista era mil veces mejor que otras.

Por la noche cenaríamos todos juntos. Mi madre se había atrevido a invitar a Neisan, a Harry y a Ellen, y yo estuve de acuerdo.

El hecho de que la fecha del juicio se aproximara había hecho que Ellen tuviera una recaída hacía poco. Le aterraba la idea de volver a ver al hombre que le había hecho pasar un infierno.

Harry procuraba pasar el máximo tiempo posible con ella. Mamá siguió tratándola durante algunas semanas más, pero al final decidió derivarla a un colega de su misma clínica, y Harry estuvo de acuerdo, porque nuestra relación cada vez era más familiar.

Por el momento se encontraba estable.

Me dejé caer de rodillas delante de la lápida y resoplé. Estaba cansada de tanto caminar. Limpié la tumba y quité las flores que ya estaban marchitas para poner otras frescas. Luego cogí mi bolso y busqué lo que había comprado hacía unas horas. Miré el pequeño collar que colgaba de mi mano.

Pink Floyd.

El recuerdo era tan claro. Lo puse cerca del ramo de flores y ladeé la cabeza a la derecha. ¿Cómo se vería si la losa fuera azul cielo en lugar de color crema? ¿Por qué la madre de Luke había escogido ese color? No tenía nada en contra del color crema, pero sentí curiosidad.

—Hola, Luke —murmuré como si lo que estuviera a punto de decirle fuera confidencial—. En menos de veinticuatro horas me voy a Melbourne… Ya hace tres años que te fuiste. ¿Cómo te va? —Me quedé en silencio unos segundos y después volví a hablar—: He venido para charlar contigo, ya sabes, para contarte lo que me ha pasado, pero también vengo por algo… algo más importante… —Suspiré—. Yo… yo he venido a despedirme de ti.

Casi esperé escuchar sus protestas, o algún comentario despectivo, o su risa, aunque era consciente de que nada de eso pasaría. Lo sabía, pero quería creer por última vez que los dos estábamos hablando.

—Estoy loca, lo sé. —Reí—. Pronto volveré a la universidad. Las vacaciones están a punto de acabarse, así que vuelvo a Melbourne. Estoy aprovechando todas las oportunidades que se presentan en mi camino. Seguiré sin mirar atrás. Luke…, sé que… esto podrá sonar egoísta, pero ya he llorado mucho por ti, he llorado y gritado durante todo este tiempo por ti… Creo que ya ha sido suficiente, que ya puedo volver a ser quien era antes… Me quería aferrar a ti, a tu recuerdo, pero eso no era bueno para mí. No lo era y… por fin he podido cerrar ese círculo de dolor, de desesperación y de soledad.

Cerré los ojos durante unos segundos para después abrirlos, creí que mi vista se nublaría, pero no fue así. No había lágrimas.

—Luke —saboreé su nombre con dulzura—, he conocido a alguien. Es asombroso. Creí que no volvería a sonrojarme o a sentir mariposas en el estómago. Quiero ir despacio, no quiero equivocarme, pero tengo tanto miedo… Él es atento, y muy inteligente. Tiene muy claro hacia dónde va… Perdóname por hablarte de él, pero eres y fuiste muy importante en mi vida, y necesito compartir esto contigo. —Me detuve un momento—. Te aseguro que por ahora todo está bien. No me gustaría que sintieras que te he remplazado. Siempre te voy a querer, siempre te voy a recordar y siempre estarás en mi corazón, pero ahora tengo que seguir con mi vida, y lo haré.

¿Eso estaba bien? ¿Hacía lo correcto?

—En la vida, si somos afortunados, podemos conocer a nuestra alma gemela y a nuestro amor verdadero. Quiero creer que tú eres lo primero.

Me puse de pie poco a poco, haciendo acopio de toda mi fortaleza. Una vez que saliera del cementerio, estaría dejando el dolor atrás y empezaría a atesorar sonrisas para comenzar de nuevo, para iniciar el camino desde cero. Sin promesas vacías; decidida, por fin, a no seguir hundida.

—Hasta luego, Luke —dije—. Sobreviviré una vida sin ti.

> Haz el favor de cuidar de ti. Yo sé que puedes.
> Eres muy fuerte, mi pequeño ángel, sobrevive
> ~~un año~~ sin mí, por favor.

EPÍLOGO

Siempre me gustaron las historias de amor. Me crie escuchando cuentos de hadas y leyendo relatos románticos con finales felices en los que la muerte era lo único que conseguía separar a dos personas que se amaban. Mundos perfectos, tan opuestos a la realidad.

Pero ¿alguna vez has escuchado historias sobre almas gemelas? Se habla mucho de ellas y de que todos tenemos un amor en la vida. Al principio creía que todo eso era absurda poesía cuyo único objetivo era animar a la gente a buscar a su alma gemela o al amor de su vida.

Y después lo entendí.

¿Sabes en qué se parece una tormenta a un alma gemela? En que vienen a tu vida de manera súbita y lo ponen todo patas arriba. Te arrebatan hasta el último aliento y luego se van, dejándote devastado.

Tu alma gemela llega a tu vida para cumplir un propósito. Te sientes tan conectado con esa persona que parece como si un lazo te uniera a ella. Hay una conexión tan fuerte y profunda en los corazones de dos almas gemelas que pueden llegar a sentirse invencibles. Sienten como si ya se hubiesen conocido en otra vida, no necesitan darse explicaciones porque se comunican sin palabras, los sentimientos son tan intensos que pueden llenar los huecos más escondidos de tu ser. Pero tu alma gemela también puede desestabilizarte por completo y hacerte sentir débil cuando se siente confusa y duda.

Te puedes llegar a sentir reflejado en la otra persona. Puede apoderarse de ti y hacerte sentir como a ella le gustaría sentirse, quizá ordenada o quizá caótica, pero siempre con defectos.

En el proceso, habrá obstáculos que impedirán a esas almas gemelas estar juntas y tener el equilibrio que desean. Ambas se enseñarán cosas, para bien o para mal, y conseguirán sacar lo peor y lo mejor de la otra persona.

Con tu alma gemela te sientes completo, como si no te faltara absolutamente nada. Te sientes en el cielo, casi levitando. Te hace sentir así antes de irse.

Tu alma gemela aparece en el momento indicado para darte una lección de vida. Durante un tiempo, ambas personas pueden creer que nada puede hacerles daño estando juntas, pero al final una de ellas parte y la otra se queda destrozada.

Sí, tu alma gemela no permanecerá contigo toda tu vida. De hecho, se dice que las almas gemelas tienen fecha de caducidad.

Cuando se vaya, cuando ya haya cumplido su propósito, te destrozará y te dejará con un dolor insoportable, pero eso te ayudará a abrir los ojos, a conocer la realidad y a saber de qué estás hecho. Habrá un antes y un después. Tardarás, pero superarás su partida, aunque nunca olvidarás a esa persona.

¿Quieres saber cuál es la diferencia entre un alma gemela y el amor de tu vida?

El amor de tu vida es todo lo contrario a tu alma gemela.

El amor de tu vida viene a darte estabilidad, quiere ir por el mismo camino que vas tú, te anima a asumir riesgos para que cumplas tus sueños; es un pilar en tu vida.

Te ayudará a ser una mejor persona y a disfrutar de la vida, y a veces moldeará un poco la realidad para que no te sientas sobrepasado.

Querrás aprender de él o de ella y ambos os ayudaréis mutuamente. Al ser tan diferentes, querréis entender al otro hasta llegar a tener una conexión espiritual y emocional. Después del amor, que no va creciendo con el tiempo, poco a poco llega la amistad y la confianza.

Juntos, veréis qué os conviene y decidiréis si tomar ese camino o no, superaréis unidos los obstáculos y os mantendréis inseparables a pesar de las adversidades. Os pensaréis muy bien las cosas antes de hacer algo porque no querréis repetir los errores del pasado.

El amor de tu vida llega en el momento justo, cuando has madurado como persona y tienes el control de tu vida. Es una relación saludable y firme. Es con quien te ves casándote porque te ofrece lo que quieres: amor y estabilidad.

Es esa persona con la que quieres compartir el resto de tu vida porque ya hay una armonía que os une de manera perfecta.

Tienes paz.

Te sientes bien.

El dolor que dejó tu alma gemela habrá desaparecido y te sentirás feliz a lado del amor de tu vida. De todas formas, no dejarás de recordar a quien te hizo sentir tantas cosas y acabó destruyéndote tan caóticamente.

El amor de tu vida no tiene fecha de caducidad, es tu compañero o compañera de vida, se mantendrá a tu lado durante mucho tiempo o para siempre.

Te ayudará a amarte y sacará lo mejor de ti todos los días, posiblemente jamás sufrirás a su lado. Reirás más de lo que llorarás.

Muchas veces ocurre que, solo cuando el alma gemela te rompe por dentro, puedes conocer al amor de tu vida.

Yo he conocido a mi alma gemela y al amor de mi vida.

El amor que nos tuvimos Luke y yo fue muy fuerte, estábamos muy unidos, nos gustaba danzar y vivir el presente. Conocimos la peor y la mejor versión de nosotros… Cuando él murió, me dejó hundida, me quitó la venda de los ojos y me rompió el corazón. Pero, gracias a eso, pude volver a nacer y tomar un nuevo camino.

Su huella quedó marcada en mí para el resto de mis días.

Cuando Harry llegó a mi vida, colocó bien las piezas y me enseñó a continuar, apoyándome en cada paso que daba. La luz de Luke me guiaba, pero Harry me sostuvo las veces que quise huir.

Se convirtió en mi sosiego y en el pilar de mi vida.

Les estoy agradecida a los dos. En mi alma, siempre llevaré a Luke, vaya adonde vaya. Su memoria es el pequeño motor que me impulsa a cumplir cada uno de sus sueños. Pues, aparte de ser mi alma gemela, también fue mi primer amor.

El día en que Harry y yo nos casamos fue el más bonito de mi vida. Él estaba muy guapo, más guapo que nunca, quizá fuera por el escenario o porque sus ojos brillaban más que otras veces.

Recuerdo que mi madre lloró cuando me vio con el vestido.

—Estás guapísima —dijo—. Ay, Dios, mi pequeña está a punto de casarse… ¡Qué preciosa te ves de blanco!

Miré mi reflejo en el espejo, sonriendo.

—Me siento preparada para dar este paso —le dije—. Hoy uno mi vida a la de una de las personas a las que más amo.

Delante de nuestros amigos y familiares, en la playa de Sídney, nos casamos. Harry se encontraba frente al altar, esperándome. Vestía un traje negro y llevaba su cabello azabache perfectamente peinado. Cuando me miró al llegar, sentí esa conocida oleada de mariposas en el estómago, cuyas alas no cabían dentro.

Me dedicó una deliciosa mirada de enamorado.

En ningún momento, durante toda la ceremonia, su sonrisa desapareció de su rostro, ni tampoco los hoyuelos de sus mejillas. Por mi parte, una revolución de sentimientos fugaces me ahogaba. Finalmente era feliz. Las mejillas me dolían de tanto sonreír.

Los votos matrimoniales llegaron, y tuve la sensación de que todo se detenía a mi alrededor.

—Harry Beckinsale, ¿aceptas a Hasley Weigel como tu legítima esposa y prometes serle fiel en la prosperidad y en la adversidad, en la riqueza y en la pobreza, en la salud y en la enfermedad, y amarla y respetarla todos los días de tu vida hasta que la muerte os separe?

—Acepto —respondió.

—Y tú, Hasley Weigel, ¿aceptas a Harry Beckinsale como tu legítimo esposo y prometes serle fiel en la prosperidad y en la adversidad, en la riqueza y en la pobreza, en la salud y en la enfermedad, y amarlo y respetarlo todos los días de tu vida hasta que la muerte os separe?

En ese instante, toda mi vida pasó por delante de mí, casi como un caleidoscopio. Las imágenes de lo que había vivido se volvieron un álbum de buenos y malos recuerdos, imágenes que, para bien o para mal, me hicieron sentir viva.

—Acepto —dije, mirando los ojos miel de Harry. Sumergiéndome una vez más en ellos.

El sacerdote continuó con la ceremonia y me sentí la mujer más feliz del mundo.

¿Quería esto? Por supuesto que sí. Nunca me imaginé que algo así me pasaría. Nunca me imaginé de pie, vestida de blanco y frente a alguien que se convertiría en mi compañero de vida.

Hacía muchísimo tiempo que regresar al pasado ya no era mi opción de vida, solo era un ejercicio nostálgico. El sentimiento de pérdida me hizo más fuerte y me ayudó a crear lazos conmigo misma.

—Harry, colocando este anillo en el dedo de Hasley, repite conmigo —le pidió el cura.

Él asintió tomando mi mano para ponerme el anillo y repitió lo que el sacerdote decía:

—Con este anillo te hago mi esposa y, con todo lo que soy y todo lo que tengo, yo te honraré —dijo.

Le sonreí.

—Hasley, colocando este anillo en el dedo de Harry, repite conmigo: con este anillo…

—Con este anillo te hago mi esposo y, con todo lo que soy y todo lo que tengo, yo te honraré —dije.

Si bien alguna vez me imaginé una vida a lado de Luke, casados y con hijos, ahora estaba formando mi propio boulevard. Siempre tendría mi respeto y aprecio. Siempre honré su memoria e intenté hacer las cosas bien. Ahora lo único que necesitaba era contar con el apoyo de quienes me querían.

La boda fue tranquila y sencilla, justo como la había imaginado.

Cerré capítulos de mi vida y seguí escribiendo otros sin cambiar de libro, procurando llevar un orden.

Con mis estudios ya finalizados y después de casarnos, decidimos mudarnos a Londres. Al estar en otro continente, no podía visitar el boulevard, así que terminé escribiéndole dos cartas a Luke con el paso de los años para contarle cómo me iba y todo lo que estaba haciendo.

Antes de irme a Londres, traté de convencer a mi madre para que viniera con nosotros porque no quería que se quedara sola en Melbourne. Sin embargo, ella dijo que quería quedarse unos cuantos años más en Australia y tuve que aceptarlo.

Aunque al cabo de dos meses cambió de opinión.

¿Queréis saber por qué?

Una pequeña personita estaba de camino. Alguien que formaba parte de mí y que sería mi retoño más preciado. Al contárselo a mi madre, ella no se lo pensó dos veces y se instaló en Londres porque quería estar a mi lado durante el embarazo.

Harry sostuvo mi mano cuando supo que seríamos tres. Todo él irradiaba felicidad. Seríamos una familia. ¿Quería estar a su lado para siempre? Sí, Harry Beckinsale me amaba y yo a él.

Un día, estaba doblando ropa para guardarla cuando de repente apareció la camiseta de Pink Floyd; también se encontraba la camisa de franela de Luke y la de cuadros negros. Tenerlas en mis manos me traía buenos recuerdos y me llenaba de nostalgia.

Miré a mi alrededor y una sonrisa apareció en mi rostro. Estaba orgullosa de mí misma por muchas cosas, pero principalmente por haber sido capaz de seguir adelante y conseguir lo que alguna vez había querido de corazón.

Había cumplido mi promesa de mantener vivo el recuerdo de Luke y de llevar a cabo algunos de sus sueños. Sabía que me faltaban otros por cumplir, pero intentaba tomarme mi tiempo para hacerlo.

—Soy feliz —murmuré contra su camisa—. Lo soy, Luke. ¿Puedes escucharme? No sé si puedes. Pero yo ya te he soltado. Ahora estoy bien, y sé que tú también lo estás. Espero que estés en paz.

CARTA 1

5 de diciembre de 2021
Londres, Inglaterra

Si te soy sincera, pensé que no volvería a escribirte.

Después de tres años he reunido la valentía necesaria para hacerlo. He cogido un bolígrafo para contarte todo lo que he hecho en este tiempo sin ti. Ha sido mucho.

Luke, esto es por ti.

He finalizado mis estudios y estoy trabajando. Hace un año que me casé y ahora vivo en Londres. Nos hemos mudado a esta ciudad. Mi madre está aquí conmigo, y me siento feliz.

Todo va bien.

He viajado mucho. Fui a Ámsterdam y, aunque no fumé, sí sonreí por ti. Es una ciudad mágica.

Fui a un macroconcierto de rock y acabé sorda con tanta gente gritando a mi alrededor. También me he tirado en paracaídas y he bailado en un centro comercial mientras la gente me miraba extrañada, y he disfrutado de cada uno de esos momentos, tatuándolos en mi mente.

Por fin he estado en la nieve. Es preciosa. Pude hacer un muñeco de nieve y le puse una bufanda, aquella verde de alguien muy especial. Harry me dijo que parecía una niña pequeña mientras tomaba fotos. Pude escribir un poema en sueco y otro en francés, y me sentí trilingüe. Sé que no lo soy, pero tú di que sí.

Han pasado taaantas cosas y me alegro de estar contándotelas.

Neisan quiere casarse con una chica a la que conoció hace un año. Ya ha terminado su carrera. Quizá lo de la boda sea algo un poco precipitado, pero él cree estar seguro, y yo lo apoyo, porque he aprendido que el amor se da en cualquier momento sin importar el tiempo transcurrido.

Mi madre está enferma. Ahora vive con nosotros y se encuentra en tratamiento. Vamos a Sídney cuando ella nos lo pide, aunque cada vez nos resulta más complicado hacerlo. El año pasado nació mi primera hija. Es una niña preciosa, tiene el pelo negro y unos ojos muy bonitos. Nació el 25 de diciembre, el mismo día que Harry. Asombroso, ¿no?

Se llama Didi.

Ellen, la hermana de Harry, ya está en la universidad. De hecho, todos estamos esperando su graduación para festejar su titulación.

Por último, pero no por ello menos importante, cuando fui a Australia la última vez, me acerqué al boulevard. Está bien, no te preocupes, sigue siendo una calle arbolada y hermosa. Pero sobre todo es tuya y mía.

Te quiere siempre,
Weigel

CARTA 2

5 de diciembre de 2025
Londres, Inglaterra

Cuatro años.

Han pasado cuatro años desde la primera carta que te escribí.

A mi madre le han diagnosticado diabetes mellitus, aunque ya está controlada y se encuentra mejor, aquí en casa la cuidamos.

Ellen está estudiando su especialidad: anestesiología.

Didi cada día está más guapa. Su cabello se ha vuelto castaño y sus ojos son de un verde aceitunado. Para mí, es la niña más bonita que existe y, para Harry, es su debilidad.

No hemos viajado a Sídney. Estamos esperando a que yo me recupere para volver a retomar nuestra rutina.

Bien, en realidad, escribo para contarte algo que es muy especial y que quería compartir contigo.

Hace dos meses nació Luca. Mi hijo.

Sí, Luca.

Es un pequeño homenaje a ti, Luke. Espero que te guste.

Te preguntarás: ¿y a Harry le pareció bien? Sí. Harry no tuvo ningún problema con ello. No se opuso. De hecho, la idea le pareció excelente (lo adoro) y a mi madre también le pareció muy bien.

Luca tiene el pelo rebelde y de un color chocolate, pero sus ojos son de un azul intenso que te cautiva cuando te mira.

Tiene el mismo color de ojos que yo.

Didi quiere mucho a su hermano. Solo se llevan cinco años, y mi madre los protege y los consiente demasiado. Le he dicho que eso no está bien, pero al parecer le gusta ignorarme.

¿Te gustan las vistas que tienes?

Espero que sí.

Te quiere siempre,
Weigel